「ぁ、あ……っ、ぁ！」
全部、きちんと受け入れたい。でも……苦しい。

（本文より抜粋）

DARIA BUNKO

朱の王子と守護の子育て

真崎ひかる

ILLUSTRATION 明神 翼

ILLUSTRATION
明神 翼

CONTENTS

この作品はフィクションです。
実在の人物・団体・事件などに一切関係ありません。

朱の王子と守護の子育て

《一》

バササッ……と。

頭上で大きな羽音が聞こえ、誘われるように空を仰ぎ見る。

ちょうど眞白《ましろ》の真上を通過するところだった大きな鳥は、数回羽ばたいて風に乗り、あっという間に姿が見えなくなった。

「すごい、大きな鳥……。なんて名前の鳥だろう。あんなに立派な翼の鳥、初めて見た。さすが王都だなぁ」

気持ちよさそうに風に乗り、悠々《ゆうゆう》と空を飛んで行った鳥は、眞白が両手を広げたのと同じくらいありそうな大きな翼を持っていた。

眞白が、生まれてからの十八年を過ごしたのは、地方の小さな村だ。実りの季節になれば、果実を目当てに小鳥が飛んで来ることはあったけれど、先ほど頭上を飛んだような大きな鳥は目にしたことがない。

「鳥のお祭りらしいから、大きな鳥も集まって来るのかな」

眞白が目指しているこの国の王都では、三年に一度の盛大な祝祭が開催されているらしい。

村に立ち寄った旅人から聞いた話だが、このお祭りは『鳥』に関するもので、大規模な鳥市も開かれるという。

眞白が王都を目指す目的は、二つ。

一つは、手に持っている鳥籠《とりかご》の中にいる小鳥を競売にかけて、現金に替えること。もう一つ……こちらが主な目的だが、王宮での職を得ることだ。

「旅人さんが、お祭りの時には、貴族の子息じゃなくても王宮に召し使ってもらうことができる機会がある、って言ってたもんな。もし僕が王宮での職に就《つ》けたら、家族が楽になる」

眞白の家は、花や野菜を育てて近隣の町まで出向いて行商をすることで、細々と日々の糧を得ている。

眞白の下には七人の弟や妹がいて、決して裕福な家庭ではない。天候不順で農作物が不作の年は、毎日の食事にも困る。

でも、王宮での職に就けさえすれば安定した給金が得られるのだ。

給金を半分でも仕送りすれば少しは生活が楽になるだろうし、勤めることが決まった時点で、実家に支度金という名目の報奨金が支払われるらしい。

「旅人さんも、身なりを整えれば都会でもそんなに見劣りしないって、言ってくれたし……本当かなぁ」

田舎では、通りかかった旅芸人の一座から器量よしだと言われて、踊り子に勧誘されたことがある。

王都での祝祭のことを教えてくれた旅人も、身なりを整えれば都会でも目を引く容姿だと言い、眞白に王都へ出向くよう勧めた。

田舎に埋もれているのは、もったいないなぁ……などと言われても、限られた人数での村社会で育った眞白は、誰かと自分を比べようと考えたこともないのでよくわからない。

真っ黒な髪は地味だし、畑仕事をしても逞《たくま》しくならない身体は頼りない印象でしかなく……着飾ったところで、滑稽《こっけい》なだけではないかとも思っている。

「う……弱気になっちゃダメだ。両親と弟や妹のために、できる限りやってみよう」

まずは、この籠の小鳥を行商人に売って現金を得る。そして、そのお金で服を買い、王宮での使用人を募集しているところへ出向いて、審査を願い出るのだ。

今、眞白が身に着けている服……くたびれている上に身体に合っていない父親からのお下がりでは、第一関門である審査さえ受け付けてもらえない可能性が高い。

「王宮での給金は、たった一月《ひとつき》でうちの収入の半年分くらいは貰《もら》えるって聞いた。絶対に、なにか職を得ないと！」

王宮での職に就けなくても、王都なら貴族の御屋敷や大きな旅宿など、どこかしら人手を募っているところがあるだろう。

一家の期待を一身に背負って、半月もかけてここまでやって来たのだ。成果なく、村にとんぼ返りするわけにはいかない。

グッと手を握って気合を入れた眞白は、王都へと続く道を大股《おおまた》で歩き続けた。

路傍の道しるべは、真っ直ぐ前方を指している。あと半日も歩けば、目的の王都に辿《たど》り着くはずだ。

□　□　□

宝石や繊細な蕾絲《レース》の装飾された服で着飾った女の人、立派な髭《ひげ》の男の人……窓がたくさんある、大きな建物。豪華絢爛《ごうかけんらん》な装飾が施された馬車に……金や銀の籠に入った、色とりどりの羽を持つ鳥。

すれ違う人たちは、金や赤、白銀……鮮やかな髪色と、青や翠《みどり》といった美しい色の瞳をしている。

髪も瞳も、どちらも真っ黒なのは眞白くらいで、物珍しそうにジロジロ見られて少し居心地が悪い。

視界に飛び込んで来るのは、これまで眞白が目にしたことのないものばかりで、あまりにも鮮やかな色彩の連続に目が回りそうだ。

「僕の家で生まれた鳥の中で、一番綺麗な色だったけど……いまいち、って言われても仕方ないかな」

黄色の小鳥は、鳴き声は綺麗でも見栄えがいまいちだと言われてしまい……予想していたほど高価では引き取ってもらえなかった。

手のひらに乗せられた貨幣に落胆したけれど、こんなに綺麗な鳥ばかりでは行商人が渋い顔をするのも仕方ないかと思う。

一応、真新しい上衣は手に入れることができた。父親のお下がりの作業衣はそのままだけれど、少しはマシな装いになったはずだ。

「王宮の、門のところに天幕があって……そこで受け付けてもらえるはず」

王宮での使用人となるための審査が、どのようなものかはわからない。でも、どんな雑務でも一生懸命に奉仕するからと、頼み込もう。

ドキドキする胸元を軽く叩《たた》き、立派な門の脇に設《しつら》えられている白い天幕を目指す。

入り口のところには、たっぷりとした襞を描く幕が垂れ下がっていて、恐る恐る窺《うかが》っても中の様子はわからない。

どうしよう。いきなり、踏み込んでしまってもいいものだろうか？

「少年」

「は、はいっっ！」

なんの前触れもなく背後から肩を叩かれた眞白は、大きく身体を震わせて背筋を伸ばす。そろりと振り向くと、立派な衣装を纏《まと》った初老の紳士が立っていた。肩には、橙色《だいだいいろ》の羽を持った綺麗なオウムが鎮座している。

小柄な紳士を見下ろす体勢になり、これでは失礼かとさりげなく膝《ひざ》を曲げて視線の位置を近づける。

「……なにをしておる？　入らないのか？」

眞白の前に立ち、頭から足元までじっくりと視線を巡らせた紳士が、チラリと天幕に目を向けて尋ねてくる。

「あ、ここで……王宮にお勤めするための審査を受けられると聞いたのですが、僕がお邪魔してもいいのかと……」

「おかしい子だ。そのために、ここにいるのではないか？　入らぬことには、どうにもならんだろう」

そう吐息を零《こぼ》した紳士は、眞白の背に手を押し当てて天幕の入り口に誘導した。

覚悟を決める前に天幕に足を踏み入れてしまい、「あああ、あのっ」としどろもどろに声を発する。

天幕の中は予想より狭く、椅子に腰かけて書類と筆を手に持った金色の髪の男性が一人と、剣を携えた警備兵らしき人が二人両脇に立っているのみだ。

「……候補か。名前と歳は？」

ジロジロと、綺麗な金色の髪の人に見詰められている。きっと、身なりがよくないと眉《まゆ》を顰《ひそ》められる……と思い、肩を竦《すく》ませた。

「ま、眞白です。一月《ひとつき》ほど前に、十八になりました」

「眞白、と。あまり見ない黒髪だな」

「あ……すみません。南方の家系です」

彼の口調はあからさまに小馬鹿にしたもので、眞白は足元に視線を落としてポツリと答えた。

黒い髪は、田舎者の証拠のようなものだろうか。鮮やかな色の髪や瞳が美の基準となっていることを、王都に来て初めて知った。

他に取り柄がないから、旅人たちは眞白の顔立ちを褒めてくれたのだろう。優しい煽《おだ》てにその気になり、恥ずかしい。

今となっては、この程度の容姿で「村一番の器量よし」と言われていたなんて、おこがましくて口に出すこともできない。

「どんな仕事でもできます。不満は申しません。なので、どうか召し使ってください」

勢いよく頭を下げた眞白の耳に、バサッと羽音が聞こえる。

鳥……？　どこに？

ゆっくりと頭を上げると……天幕の内を一周した鮮やかな青色の鳥が、金髪の男性の肩にとまるのが見えた。

まるでなにか話しかけているかのように、男性の耳元に嘴《くちばし》を寄せる。

なんていう種類の鳥だろう。初めて見る羽の色だ。羽の先が身体よりも一段と深い青色で、すごく綺麗な……。

「……承知した。眞白」

小さくうなずいた金髪の人に名前を呼ばれたことで、ぼんやり鳥を見ていた眞白はハッと気を引き締める。

「はいっ」

「天幕を出て、王宮で最終審査を受けるのだ。この者が案内する」

視線で促され、左側に立っている警備兵がうなずいて一歩足を踏み出した。

その人に、ついて行けばいい？

戸惑いつつ、金髪の男の人に軽く頭を下げて警備兵に続いた。

なにがどうなって、最終審査を受けることを許されたのか……わからない。でも、せっかく機会を得られたのだから、なんとしてでも最終審査に通らなければ。

決意も新たに、王宮内の広大な庭を歩く。

そういえば、天幕の前で逢った老紳士はどこに……？　と振り向いても、彼の姿は見当たらなかった。

あの老紳士の後押しがなければ、まだ天幕の前でグズグズしていたかもしれないのだ。本人にお礼を言いたいけれど、姿が見えないのでは仕方がない。

心の中で、老紳士に「ありがとうございます」と頭を下げて、色とりどりの花が咲き誇る庭をキョロキョロ見回す。

農家として長く花を育てている眞白の家でも、これほど見事な薔薇《ばら》を育てることは困難だ。王宮だけに、お抱えの庭師も優秀に違いない。

もし採用されたとしても……ここで、自分がきちんとお勤めできるのだろうか。

そんな不安を胸の奥に押し戻し、歩みを緩めていたせいで少し距離が空いた警備兵の背中を、小走りで追いかけた。

最終審査の場だと通された部屋は、なんだか不思議な空間だった。

位の高い人との面談かと思えば、そのような雰囲気ではない。壁際には等間隔で五つの台座が置かれており、それぞれ赤い天鵞絨《ビロード》の敷かれた籠に一つずつ飾られているのは……小さな卵だ。

すべての台座の脇には、一人ずつ警備兵が立っており厳重に守られている。

状況がわからずに戸惑っているのは眞白だけのようで、同じように部屋に通された同じ年頃の男女七人は、緊張した面持ちながら落ち着いた佇《たたず》まいだ。

同じく最終審査に臨《のぞ》むのだと思うが……華やかな装いからして、良家の子女だと伝わって来る。

どう考えても場違いな眞白を、胡散臭《うさんくさ》そうな目で見ている、と感じるのは被害妄想ではないはずだ。

眞白たちが入って来た扉とは別の、部屋の奥にある扉が開いて小柄な人影が……。

「あ……！」

細長い部屋の最奥に立ったのは、門の脇に設えられた白い天幕の前で眞白の背中を押してくれた、あの老紳士だった。肩には、見覚えのあるオウムがいる。

小さく声を上げた眞白を、近くの少年がジロリと睨《にら》みつけて来て慌《あわ》てて口を閉じる。

『候補者たちよ』

静かな空間に響いたのは、老紳士の声……ではなかった。

彼の肩にとまっている、鮮やかな橙色の羽をした大きなオウムが話しかけて来た！

驚いて言葉を失う眞白をよそに、オウムは流暢《りゅうちょう》に言葉を続ける。

『一人ずつそれぞれの卵の上へ、右の手のひらを翳《かざ》すのだ。決して卵には触れぬように、慎重になな。可否は、卵が応《こた》えてくれよう』

手を翳すと、卵が応える？

なにが起きるのか、事前説明を受けていないのでまったくわからない。

戸惑いに視線を泳がせるのは眞白のみで、他の子女は神妙に卵の乗せられた台座を見詰めていた。

重要な鍵を握っているのは、ここに並べられている卵だということだけは確かだ。

……よくわからないから、前の人の真似をしよう。

そう決めて、オウムに『黄菜《きな》』と呼ばれて進み出た少女の動作を観察する。

手前の台座から、順番に……一つずつ卵の上部に手を翳しては、次の台座へと移動する。応えるという卵には、別段変わった様子はない。

一番奥の台座の卵まで、同じ仕草を繰り返した少女は、ガッカリとした様子で肩を落として老紳士の前に立った。

『卵はそなたを選ばなかった。ご苦労』

オウムにそう告げられた彼女は、無言で老紳士に頭を下げて奥の扉から部屋を出て行く。

どういう意味だろう。不合格……ということか？

同じことが繰り返され、待機しているのが眞白を含む四人となったところで、『翠蓮《すいれん》』と呼ばれた銀色の髪の少年が歩み出る。

彼が、一番手前にある卵に手を翳すと……仄《ほの》かな青色に発光した？

『卵は、そなたを選んだ。翠蓮、よいな』

「……はい。光栄でございます」

驚きに目を瞠《みは》る眞白をよそに、オウムと翠蓮は当然のように会話を交わす。老紳士が恭《うやうや》しく台座から籠を取り上げ、翠蓮を促して奥の扉へと消えた。

「翠蓮のやつ……蒼鷲《そうしゅう》様の卵に選ばれたぞ」

「本当に卵が選ぶんだな」

コソコソと小声で話している二人は、眞白と違ってこの奇妙な儀式に関する知識があるようだ。

なにも知らない眞白ほど驚いてはいないようだが、卵が光るのはやはり特別なことらしく、興奮が伝わってくる。

彼らの会話も、再び奥の扉から老紳士と橙のオウムが現れたことで、ピタリと止まった。

『次。眞白！』

「はっ、はい」

オウムに名前を呼ばれ、ドクンと大きく心臓が脈打つ。ゆっくりと足を踏み出して、残り四つとなった台座に足を向けた。

えーと、確か……卵の上に、右手を翳す。触ってはいけない。

台座に載った籠の中、赤い天鵞絨に護られた卵は手のひらに乗せられる大きさだ。つるりとした、なんの変哲もないものに見える真っ白な卵なのに……さっきは、青く光った。

一つ目の卵に手を翳して、五秒……十秒。変化がないことを確認すると、隣の台座へ移動する。

二つ目、三つ目……と繰り返し、一番奥にある台座の前で足を止めた。

なんだか……今まで見てきた卵とは違う？　白い殻《から》は変わらないはずなのに、キラキラと微細な光を纏っているみたいだ。

これまでの三つの卵を前にした時とは異なる、なんとも形容し難い緊張が込み上げて来た。

ポツリとつぶやくと、ゆっくりと右手を翳した。二秒……三秒と心の中で数えたところで、卵が仄かな朱色の光を放つ。

「……綺麗な卵」

「あ……」

『眞白。そなたは卵に選ばれた』

「は、はい」

オウムの言葉に、呆然《ぼうぜん》とうなずく。

待機していた二人が、「なんだあいつ。朱凰《すおう》様の卵じゃないのか」「誰だよ、あれ」と声を上げたのがわかったけれど、眞白の視線は朱色に輝く卵に釘《くぎ》づけになっている。

美しく不思議な輝きから、目を逸《そ》らせない。

『眞白。こちらへ』

「あっ……は、い」

老紳士が卵の載った籠を手に取り、先ほどの少年と同じく奥の部屋へ促される。

そこに、なにが待っているのか。

卵の不思議な輝きは、なにを意味するのか。

卵に選ばれたとして……どうするのか。

なにも知らない眞白は、老紳士の肩にとまっているオウムを、困惑しつつ見詰めるしかできなかった。

《二》

「眞白といったか。俺は、騎士長の紫梟《しきょう》だ。朱凰様の卵に選ばれたらしいな。案内しよう。……しかし、ずいぶんと素朴で独創的な衣装だな」

「す、すみません。田舎者なもので」

金色の鳥籠を待ち、眞白の斜め前を歩く紫梟と名乗った青年は、眞白とは対極と言ってもいい豪奢《ごうしゃ》な衣装を身に着けている。

濃紺の上着の袖口《そでぐち》を縁取った飾り縫いは、金糸がキラキラしていて綺麗だ。襟足《えりあし》の長い金色の髪が、濃紺の布に映える。

騎士長ということは、身分の高い……きっと貴族だ。そんな人が、自分の案内をしてくれているということに恐縮して、身を小さくする。

「まぁいい。身なりや礼儀作法については、いずれ。ひとまず、おまえの主君となる方にご挨《あい》拶《さつ》を」

眞白に話しかけながら王宮を出た紫梟の後を、置いて行かれないように懸命に追いかける。花に囲まれた小道を歩き、向かうのは……離宮だろうか。

「は、はい。あの……僕は、こちらでお勤めさせていただけることになったのですか？　なにをすれば、よろしいので？　草木の世話や、掃除くらいしかできないのですが……大丈夫でしょうか」

運よく職に就けたらしい、ということはわかっても、具体的なことは誰も話してくれない。自分ができることと、しなければならないことがかけ離れていたら、どうしよう。周りの人や主君に迷惑がかかるし、即座に解雇されてしまうかもしれない。

不安ばかり込み上げてきて、思いつくまま口にする。

紫梟は、チラリと眞白を横目で見遣《みや》って小さく息をついた。

「……なにも知らないのだな。勤めは勤めだが、眞白が考えているような下働きとは少し違うだろうな。詳しくは後ほど、まずは接見だ」

「はい」

自分の主君となる方、とは……どのような方だろう。王宮内に離宮を構えているくらいだから、畏《おそ》れ多くも王族だろうか。

聞きたいことはまだまだ無数にあるけれど、真っ直ぐに背を伸ばして早足で歩く紫梟は、今ここで眞白が尋ねたところで答えてくれそうにない。

その紫梟の手にある、金色の鳥籠の中……赤い天鵞絨に包まれている、眞白が手を翳したことで朱色の光を放った卵を窺い見る。

かっている。

今は、ただの卵にしか見えないけれど、あれが重要な意味を持つことくらいは眞白にもわかっている。

「田舎の出だと言ったが、この国を統《す》べる王のことは承知しているな?」

「ええ……少しだけ、ですが。王位に即《つ》かれた三十年前から周辺の国との和平に尽力されて、以来争いのない治世をなさっていると……」

眞白の暮らす辺境の地にまで、現国王の平和を愛する温和な人柄や軍力に頼らない優れた統制力は漏れ聞こえている。

うなずいた眞白に、紫梟は満足そうな笑みを浮かべた。

「よろしい。現国王には、十二名の王子と王女がいらっしゃる。今から眞白を案内するのは、そのうちのお一人、八番目の王子がお住まいの離宮だ」

「え……それは」

まさか、自分がお仕えする主君とはこの国の王子……?

紫梟の口ぶりは、そうとしか思えないものだったけれど、確かめるのが怖くて聞き返せない。

王宮での仕事に就けたらいいとは思っていたけれど、王子の傍付《そばづ》きなどという畏れ多いものは望んでいなかった。

自分のような、貴族階級の子息でもなければ武術の達人でもない……教養もない人間に、そんな大役など務《つと》まらないのでは……と。

眞白本人が不安で堪《たま》らないのに、平然とした様子の紫梟は、自分のような存在を王子の傍に付けることが心配ではないのだろうか。

そっと背を向けて、今すぐ逃げ出してしまいたいという衝動に駆られたけれど、この状況では不可能だ。

それに、せっかく王宮で仕えることのできる機会を得たのだから、投げ出してはいけない。

使いものにならないと、主君から早々に暇を出される可能性はあっても……。

「眞白？　顔色がよくないな。心配せずとも、恐ろしいお方ではないよ。乳兄弟であり、親友でもある俺が保障しよう」

「は……い」

歩みを緩ませた眞白は、見るからに不安そうな顔をしていたに違いない。振り向いた紫梟から綺麗な笑みを向けられて、曖昧《あいまい》にうなずく。

「ですが僕は、辺境の小さな村で生まれ育った世間知らずな田舎者です」

「そのようだね。こうして少し接しただけでも、素直な育ちが見て取れる。でも……だからこそ、あの方にとっては好ましいのではないかな」

「なにか、失礼なことをしてしまうのではないかと……怖いです」

「いきなり首を刎《は》ねたりしないから、怖がる必要はない」

「いえっ、そうではなくて……僕が、不敬を働かないかと……」

ぽつぽつ話しているあいだに、離宮に到着してしまった。

立派な石造りの建物は、華美な飾りつけが施されているわけではない。

でも、先ほどまでいた王宮とはまた少し違った静謐《せいひつ》な空気が流れているようで、石柱を見上げた眞白の頬《ほほ》が強張る。

足が止まりそうになったところで「来なさい」と紫梟に促され、出入り口となっている弓形の石組みをくぐって短い廊下を歩く。

紫梟が立ち止まったのは、一番奥まったところにある部屋の前だった。薄い布が幾重にも垂れ下がり、廊下に立つ眞白からは室内の様子は窺えない。

その布に右手をかけた紫梟は、左手に持っていた金の鳥籠を眞白に手渡しながら改まった調子で名前を呼びかけて来た。

「いいかい、眞白」

「はい」

緊張を全身に張り巡らせて紫梟の呼びかけに答えた眞白は、紫梟から差し出された金の鳥籠をおずおずと受け取った。

繊細な細工が施された鳥籠は、両腕の中に抱えられそうな大きさなのに、ズシリと重い。

「知らないよりも、知っていることが有利であることは確かだ。だが、知らないことが悪ではない。周囲からの雑音交じりの知識を得ていることは、よきことだとは限らないからね。知りたければ、自身の目で見て耳で聞き、己が身で感じ取ったことを信じろ」

「……わかりました」

紫梟の語ったことは、眞白が理解するには少し難しい。でも、父親に教えられたことに少しだけ通ずるものがあるかもしれない。

父親と共に行商に出ると、人々は華やかな色彩の花を選び、白い花ばかり売れ残る。あまり需要がないのに、どうして白い花を育てるのだと尋ねた幼い眞白を前にして、苦笑した父親が静かに語ったのだ。

色とりどりの花弁を持つ鮮やかな色彩の花は美しいが、色で惑わすことのできない白き花の純真さには敵《かな》わない。それを知る人は、心から花を慈しむ清廉《せいれん》な精神の持ち主だ。眞白も、いつかそういう人と巡り合えればいいね……と。

見た目の印象に惑わされ、誤魔化されてはならないと……頭ではわかっているつもりでも、実行するのは難しい。

行商中の眞白は、男性のお客に女性への贈り物を選びたいと言われれば、つい赤や黄色といった鮮やかな花束を作ってしまう。

売れ残った白い花を手に取り、「ごめんね」と嘆息するとわかっていながら……。

「今の言葉は、眞白だけに言ったのではないよ」

そう意味深な笑みを浮かべて薄布を掻《か》き分けた紫梟は、出入り口のところから部屋の中に向かって声をかける。

「……朱凰様、抱卵役をお連れしました。お通ししてもよろしいでしょうか」

朱凰様。それが、眞白の主君となる方のお名前。

緊張のあまり、頭がクラクラする。眞白は鳥籠を抱える手にギュッと力を込めて、入室の許可を待った。

「入れ」

室内から聞こえて来た低い声に、トクンと一際《ひときわ》大きく心臓が脈打つ。

若い……二十代半ばの紫梟様と、変わらないお年頃だろうか。そういえば、乳兄弟だと話していた。

「……どうぞ、眞白。邪魔者の俺は、ここで失礼します。お二人で交流を深められますように」

「え……紫梟様っ」

戸惑う眞白の背中をそっと押した紫梟は、耳元に唇《くちびる》を寄せて「怖がらなくていいよ」とコッソリ吹き込んでくる。

驚いてパッと顔を上げた眞白に、茶目っ気たっぷりに笑って「それじゃあ」と手を振ると、廊下を歩いて行ってしまった。

ぽつんと残された眞白は、鳥籠を抱えて立ち竦むばかりだ。

戸口に立っている眞白が、いつまでも動かないことに焦《じ》れたのか、室内から苛立《いらだ》ちを含む声が聞こえて来た。

「なにをしている。いつまでそこに突っ立っている気だ」

「あ……失礼しましたっ。お邪魔します」

王族に対する礼儀作法など知らないので、どう振る舞えばいいのかわからない。

失敬な態度だろうと思いつつ、頭を下げて廊下と部屋を遮《さえぎ》っている薄布をくぐった。

うつむく眞白の目には、石造りの床に敷かれた豪奢な織物と……自分が抱えた金色の鳥籠しか映らない。

「名は」

「眞白、です」

「俺は朱凰だ。……顔を上げろ。俺を相手に畏《かしこ》まる必要はない。敬われるような存在ではないし、堅苦しいのは嫌いだ。無用に遜《へりくだ》った態度を見せられると、イライラする」

「…………」

王子という位から想像していたより、尊大な雰囲気ではない。

紫梟が言い残した、「怖がらなくていいよ」という一言にも勇気を得て、ゆっくりと顔を上げる。

スラリとした長身の男性が、庭に面した大きな窓を背に立っているのがわかった。空を茜《あかね》に染めた夕陽が窓から差し込み、その人の髪を紅《あか》く染めている。

まるで、太陽を吸い込んだような美しい髪だ……と、ぼんやり見詰めている眞白に、一歩……二歩と近づいて来る。

手を伸ばせば届きそうな位置で立ち止まったところで、夕陽の色を映していた紅《くれない》の髪が、本来は艶やかな蜂蜜色《はちみついろ》だと知った。

王都に入ってからここに来るまで、金や銀や亜麻色《あまいろ》……様々な色彩の髪を持つ人を目にした。でもこの人の髪は、それらどんな人たちよりも美しい。十五糎《センチ》ほど高い位置から、眞白をジッと見下ろす瞳の色は春に摘む茶葉からできる華やかな紅茶の色で、端整な容姿と相俟《あいま》って幻のように儚《はかな》く尊い姿形だった。

あまりの美しさに、言葉を失って見惚《みほ》れる。唖然《あぜん》とする眞白を、至近距離からマジマジと見詰めていた朱凰が、ゆっくりと唇を開いた。

「見事な黒だな。染めているのではないのか？」

長い指先で前髪に触れられて、ビクッと肩を震わせた。幽玄《ゆうげん》な白昼夢を見ていたかのような心地で、忙《せわ》しないまばたきを繰り返す。

「あ、僕……失礼なことを。髪も……瞳も、天然の黒です」

「で、名が眞白か。ふ……面白いな」

しどろもどろに答えた眞白に、朱凰は唇を綻《ほころ》ばせて微笑を浮かべた。

なにもかも真っ黒で醜いとか、不格好《ぶかっこう》だと眉を顰めるのではなく……名前との対比を面白いと笑われるのは、想定外だ。

「悪くない。眞白。おまえは自分の役目をどこまで知っている？　紫梟は、詳しく説明をしたか？」

朱凰が漂わせていた近寄り難い空気は、身分の高さだけが理由ではなく、整いすぎた容姿も一因だ。

それが、笑みを浮かべたことで途端に親しみやすいものへと雰囲気が変わる。旧知の仲のように「眞白」と呼ばれたことも相俟って、ドギマギしながら答えた。

「い、いいえ。紫梟様は、なにも仰《おっしゃ》ってくださいませんでした。お仕えする主君が、朱凰様とだけ……。あ、あと……この卵は、なんでしょうか」

「それさえ聞いていないのか？　……はははっ！　だから、それほど無防備に抱えていられるのだな」

突然笑い声を上げた朱凰は、眞白が抱えていた鳥籠を手に持って、近くにある台の鉤部分に上部の丸くなっているところを引っかけた。

そうして鳥籠を掛けるためのものなのか、眞白の目の高さまである細い台は、全体が鳥籠と揃《そろ》いの煌《きら》びやかな金色だ。

「この卵は……俺の守護鳥のものだ。王族は、自身の守護鳥の卵を手に握って生まれる」

「守護鳥？　の……卵？」

王族が卵を握って生まれるということはもちろん、守護鳥というものも、初めて聞いた。きっと眞白は、よくわかっていない顔を隠し切れていないのだろう。朱凰の笑みが、ますす深くなる。す深くなる。

「本当に、なにも知らないのだな」

「申し訳ございません。辺境の村で生まれ育ったものでして……」

王都で生まれ育った貴族……眞白と共に審査を受けていた人たちなら、きっと詳しく知っている。

眞白はなにも知らず、わからないことばかりで、恥ずかしい。

そう恥じた眞白が足元に視線を落としたところで、朱凰が静かに口を開いた。

「それでいい。余計な知識を仕入れている人間は、厄介《やっかい》だ。俺の卵の抱卵役であるおまえが、貴族階級でなくてよかった」

貴族階級でなくてよかった、と……そんなふうに言われるなど完全な想定外だった。

そういえば紫梟も、知らないことは悪ではないと言ってくれた。

ゆっくりと顔を上げた眞白の前で、朱凰が鳥籠の小さな扉を開く。天鵞絨に包まれている卵を取り出して、「眞白」と名を呼んだ。

傍に立つのは失礼ではないかと思ったけれど、朱凰に呼ばれたからには従わないわけにはいかない。

……いいや。礼儀を間違って失礼なことをしたら、その場でお叱《しか》りを受けるだろう。

そう開き直った眞白は、目の前に立ち塞《ふさ》がっていた『遠慮』という見えない壁を押し退けて、朱凰の傍に歩み寄った。

「手を出せ」

「はい」

促されるまま、両手のひらを上に向けて朱凰の前に差し出す。なにを思ったのか、無防備としか言いようのない状態の卵をそこに転がされて、慌てた。

「す、朱凰様っ。大切な卵なのでは」

「そんなに青褪《あおざ》めなくとも、落として踏んだくらいでは割れん。守護鳥の卵は、ただの鳥の卵とは異なるものだ」

焦《あせ》る眞白に反して、顔色一つ変えることなくそう言った朱凰は、ジッと卵を見下ろして「なるほど」とつぶやく。

眞白の手を覗《のぞ》き込む体勢になっているせいで、綺麗な顔が間近に迫り……心臓が苦しいほど鼓動を速めた。

「抱卵役が触れると、卵が応えるというのは事実なんだな。初めて目にした」

感心したようにそう口にした朱凰が見詰めているのは、ぼんやりとした朱色の光を纏う卵だ。

眞白も、自分の手のひらの上で不思議な光を放つ卵を凝視する。

触れている部分が、ほんのりとぬくもりを帯びているみたいで……生まれたての卵を手にした時に似た、奇妙な心地だ。

「その卵を孵《かえ》し、誕生した雛《ひな》を成鳥まで育てることが、おまえの役目だ」

ポツリと口にした朱凰に、驚いて「えっ」と目を瞠る。

朱凰の、守護鳥だという……この卵を、孵す？　そして、成鳥まで育てる？

「僕が……この卵、様……を」

戸惑いながら口にした眞白に、朱凰は落ち着いた調子で返して来る。

「卵に様付けなど不要。俺にも、必要以上に遜るなと言っただろう。堅苦しい人間に四六時中傍にいられると、息が詰まる。自然に振る舞い傅《かしず》けばいい」

「四六時中……？」

いろいろと畏れ多いことを耳にした気がするけれど、眞白の耳に最も引っかかったのはその部分だ。

卵を孵すということについては、実家でも鶏《にわとり》や七面鳥《しちめんちょう》の卵を孵化《うか》させたことがあるので初めてではない。この、朱凰の守護鳥の卵というものは鶏とは違うらしいが、それが役目だと言われれば粛々《しゅくしゅく》とお受けしよう。

でも、それがどうして「四六時中傍にいる」ことになるのだろう……？

「守護鳥と俺は、一心同体だ。孵化の瞬間にも立ち会う必要がある。眞白が抱卵するのなら、俺が傍にいることは当然だろう？」

「は……い」

そう言われれば、そうかもしれない。

でも、朱凰は構わないのだろうか。秀でた芸があるわけではないし、特に見栄えがいいわけでもない眞白が傍にいると、疎ましいのでは。

「他に質問は？」

「あ、あのっ、卵が孵化して成鳥になるまでとは、どれくらいお仕えすることになるのでしょうか。僕が、きちんと卵を孵せなければ……どうなるのか、朱凰様は、不安に感じられないのですか？」

考えれば考えるほど、心細さばかり込み上げてきた。

眞白の不安は、顔に表れていたに違いない。朱凰が、ふっと表情を和らげる。

「成鳥までの期間は、鳥によって異なる。無事に孵化してみないことには、未知数だ。卵を孵せなければ……など、今のおまえが気にすることではない。俺の卵が、眞白を選んだ。それを信じている」

重圧を感じるなと、こちらを見下ろす朱凰の目が告げている。なにより、卵が選んだ眞白を信じている……と、素性もろくに知らないはずの自分に言ってくれたことが嬉しくて、泣きたいような熱い思いが込み上げてくる。

この人の期待を裏切りたくない。絶対に、託された卵を孵したい。

唇を引き結んで決意している眞白に、朱凰は廊下への出入り口とは別の戸口を指す。

「こちらの、続きの間を使え。旅をしてきたのであれば、疲れただろう。少し休め。必要なものはひと通り揃っているはずだが、足りないものがあれば紫梟にでも声をかけて用意させればいい」

そこで言葉を切ると、改めて眞白をジッと見下ろしてくる。

頭から……足元まで、マジマジと視線を往復させて短く息をついた。

「着替えもあるはずだ。寸法が合うかどうかは、わからんが。そのあたりも、不備があれば紫梟に言え」

「は、はい。大変な失礼を……」

上衣は真新しいものだが、父親から貰った作業衣は着古したものだと一目でわかる状態で……みっともない格好で朱凰の前に立っているのだと、改めて思い知らされた気分だ。

恐縮してうつむいたところで小さく腹の虫が鳴き、恥ずかしさに頬を染めてますます身を縮める。

朱凰は眞白の失態を笑うでもなく叱責《しっせき》するでもなく、「空腹か」とだけつぶやき、廊下に向かって声をかける。

「夕餉の準備を」

眞白から姿は見えないけれど、廊下に控える召し使いがいたのか、即座に「はい、ただいま」と返事があった。

眞白に向き直った朱凰が、卵を天鵞絨の布に包み直して鳥籠に戻した。

「おまえが着替えているあいだに、食事の準備が整う。孵化の兆候が見えれば、夜中でも俺に声をかけろ」

「あのっ……」

この場で質問をぶつけてもいいものかどうか迷い、言葉を切る。

眞白が無知なことは、朱凰も充分にわかったはずだ。でも、質問ばかりしていたのでは疎ましいのでは。

迷う眞白に、朱凰はほんの少し眉根を寄せて続きを促す。

「疑問があれば、遠慮なく口にしろ。無知は恥ではない。知ろうとしないことのほうが、愚かだ」

その言葉にコクンとうなずいた眞白は、そっと顔を上げて朱凰と視線を絡ませる。

身分の高い人の顔を、こんなふうに見ることは、きっと失礼なはずで……けれど朱凰は、咎《とが》めることも目を逸らすこともなく眞白の言葉を待っている。

笑顔は少ないけれど、すごく優しいお方だ……と朱凰の人となりを把握して、質問を投げかけた。

「孵化の兆候とは、どんなものですか？　抱卵……って、肌身離さず抱えていなければならないのでは？」

「……そのあたりは、指南役に聞け。明日の朝には、呼集がかかる。着替えや湯浴みのあいだは、籠に入れておけばいいだろう」

「わかりました」

朱凰も、詳細は知らないようだ。困ったように「指南役」の存在を口にして、金の鳥籠に収まっている卵をチラリと見遣った。

「では、失礼します」

続きの間に足を向けようとした眞白に、朱凰が「ああ、眞白」と呼びかけてきて動きを止めた。

「一つ、言い忘れていた。卵……いずれ孵る守護鳥の名は、朱璃《しゅり》だ。俺の名づけと同時に、守護鳥の名も決められる」

「承知しました。朱璃様ですね」

「様は不要だと言ったはずだ」

わずかに眉を顰めた朱凰に、「では、朱璃……と呼ばせていただきます」と返して、続きの間に足を踏み入れる。

朱凰の気配が遠ざかった途端、肩の力が抜けて足元に視線を落とした。自覚はしていなかったが、ずいぶんと緊張していたようだ。

当然か。朱凰は決して威圧的な態度ではなかったけれど、気高い存在が間近にあるだけで気《け》圧《お》される。

なにもかも、これまで眞白が出逢ったことのある人とは違う。容姿も纏う空気まで、尊いばかりの綺麗なお方だ。

言葉の端々から怜悧《れいり》な知性が滲《にじ》み出ていて、王族とはこれほど高貴なものなのかと感嘆の息をつく。

ふっと顔を上げ……目の前の光景に、息を呑《の》む。

「うわ……」

窓の外の夕陽はほとんど姿を消し、空に茜色の余韻を残すのみだったけれど、ぼんやりと視界を照らし出している。

薄陽でも、小ぢんまりとした部屋の全体図を眺めることはできた。

この小部屋は使用人のための控え室のはずなのに、眞白が三人の弟と共に使っていた部屋より広い。

床には繊細な刺繍《ししゅう》が施された織物が敷かれており、足で踏みつけるのに躊躇《ためら》う。

窓際にある寝台も……真ん中に寝転がって手足を広げても、きっと端に届かないくらい大きい。

「みんな……どうしてるかな。父さんや母さんの手伝い、きちんとしているのかなぁ」

故郷の村を出て、約半月。夢中で王都を目指した。これまでは、前に進むことばかりに必死だった。

こうして身を落ち着けることができたので、ようやく辺境の地に残してきた両親と、弟や妹たちをゆっくりと思い浮かべる余裕が生まれて、独《ひと》り言《ごと》を零す。

「とりあえず、職に就くことはできたようだし……家には、手紙を出しておこうかな。いただいた支度金も、送りたいし」

村の家族には、王都に無事到着したことと職に就けた旨《むね》を手紙に書いて送るとしても、王子の守護鳥を抱卵するという仕事の内容は、詳しく伝えないほうがいいかもしれない。卵の扱いから察するに、きっと、すごく重要な任務だ。

なにより、今日一日の出来事を手紙に書いて説明するなどできそうになかった。

目にするものすべてが、これまで眞白の世界には存在しなかったもので……それはきっと、家族も同じだ。手紙に書いて説明しても、理解することは難しいだろう。

「抱卵……卵を、孵すかぁ」

王宮での仕事に就くという一番大きな目的は、果たすことができた。次は……朱凰の守護鳥の卵を孵すという役目を、きちんと果たさなければならない。

「朱璃……どんな鳥だろう。朱凰様があんなに尊い容姿の方なんだから、きっと守護の鳥も美しいんだろうなぁ」

仄かな朱色の光を纏っていた卵を思い浮かべ、ぼんやりとつぶやいた眞白は……まだ自分の役目の重要性を、真に理解していなかった。

《三》

椅子に腰かけた眞白が膝に置いた金の鳥籠の中には、赤い天鵞絨に鎮座する卵が一つ。

隣の椅子には、同じく膝に銀色の鳥籠を抱えた少年が座っている。鳥籠の中の卵は、青い天鵞絨に包まれていた。

『よいか、眞白』

「は、はい」

バサササッと羽音が響き、目の前に橙色の羽のオウムが飛んで来る。眞白が抱えた金の鳥籠の上に着地して、顔を覗き込んで来た。

琥珀色《こはくいろ》の瞳をギョロリと動かして、言葉を続ける。

『孵化に最適なのは、月の加護を受ける夜。満月の魔力を借りるのだ。翠蓮、孵化した雛に一番に与えるものは？』

鮮やかな橙色の羽を持つ……橙夏《とうか》と名乗ったオウムは、眞白の隣に座っている少年に質問を振る。

澄ました表情で銀の籠を抱えた少年は、迷うことなくスラスラと答えた。

「僕の涙です。守護鳥の雛は、抱卵役の涙からしか栄養を得られません」

『その通り！　良質の涙は、美しいものに触れることにより育まれる。清廉な涙が最もよき糧となるのだ！』

首を上下させて熱弁を振るう橙夏は、眞白と……同じく抱卵役である翠蓮の『指南役』だ。王鳥を統率する指揮官でもあると自己紹介されたが、見た目が鮮やかな羽の『オウム』なので、眞白は懸命に「これは、先生。ただの鳥じゃない」と自分に言い聞かせなければならない。

『翠蓮に教えることは、あまりなさそうだな。眞白』

「はいっ」

『そなたは、教えがいのある生徒でなにより。抱卵役は、重要な役目を担う。しかし残念ながら……孵化のためにできることは、さほど多くない。慈しみ、心より卵に信頼されることが重用だ』

「はい」

「承知しております」

不安を滲ませて神妙にうなずいた眞白の隣で、翠蓮は澄ました顔をしている。

橙夏にとって、眞白が教えがいのある生徒なら、翠蓮は教育の手間のかからない優等生に違いない。

窓の外から、カンカンと鐘を鳴らす音が聞こえて来て、橙夏がバサリと羽を広げた。

『昼だな。今日はこれまで。なにか困ったことがあれば、いつでもどんなことでも私に知らせよ。三年振りに得た王鳥の孵化の好機なのだから、無事に孵すのだ』

重圧のあまり、声もなくうなずく眞白をよそに、翠蓮は落ち着いた声で「はい」と答える。

大きく羽ばたいた橙夏が窓から出て行くと、王宮の一角にある小部屋には眞白と翠蓮の二人……と、それぞれが抱えた鳥籠の卵のみが残された。

「眞白は、本当になにも知らないのだな」

チラリと横目で眞白を見遣った翠蓮が、そう話しかけて来る。

髪も目も真っ黒な眞白とは対極的に、銀の髪と菫色《すみれいろ》の瞳を持つ翠蓮は、並ぶのも恥ずかしいくらい綺麗な少年だ。

「う……うん。翠蓮さんは、いっぱい知っててすごいね」

貴族の子息だという身分だけでなく、眞白がなにも知らない守護鳥のこともよく知っている。更にこの部屋に辿り着くまでに迷子になった眞白とは違い、王宮に足を踏み入れるのも初めてではなさそうだ。

「王族の守護鳥の抱卵役は、名誉だからな。貴族でもない……田舎者が抱卵役だなんて、前代《ぜんだい》未聞《みもん》だ。それも、これまで誰も寄せつけなかった、朱凰様の卵に選ばれるなんて」

「朱凰様の卵……が？」

翠蓮の口振りでは、すごく特別なことのようだ。橙夏も紫梟も、朱凰自身も眞白にそんなことは教えてくれなかったけれど……。

これ見よがしにため息をついた翠蓮は、眞白をジロリと睨んで言葉を続けた。

「朱凰様は、文武両道かつ眉目秀麗《びもくしゅうれい》……王位継承権こそ下位ではあるけれど、為政者としての資質は飛び抜けている。誕生した守護鳥によっては、王位継承順位が繰り上がる可能性もある。けれど、二十三になられる今まで抱卵役が現れなかった。ようやく得た孵化の機会なのに、眞白のような世間知らずの頼りない田舎者が抱卵役だなんて……腐卵になれば、どう責任を取るつもりだ」

矢継ぎ早にいろんなことを聞かされてしまい、混乱する。

文武両道だとか、眉目秀麗だという朱凰の人物評については異論はないが、その他の言葉は耳慣れないものばかりで……一度に理解できない。

ただ、一つ。

「ふ……ふらん？」

一番引っかかった単語が、それだ。

意味はわからなくてもなんとなく禍々《まがまが》しい響きで、不安に胸の奥がザワザワする。

「抱卵役を得た後、月が欠け……再び満ちるまでのあいだに孵化しなければ、卵は腐卵となる。卵が光を放っただろう？　あれは、孵化の合図でもあり……腐卵となるまでの時限装置でもある」

「そ、そんな」

翠蓮が、眞白を脅《おど》すために嘘《うそ》を言っているとは思えない。卵に関することで、そんな性質《たち》のよくない嘘はつかないだろう。

卵を孵せなければどうなるのだと尋ねた際に、朱凰は「今は気にしなくていい」と答えるのみで……腐卵という言葉は、一言も口にしなかった。

青褪めて言葉を失う眞白をフンと鼻を鳴らして一瞥《いちべつ》した翠蓮は、銀の鳥籠を抱えて椅子から立ち上がった。

「……健闘を祈る」

それだけ言い残し、小部屋を出て行く。

シン……と静まり返った小部屋に一人佇む眞白は、金の鳥籠をギュッと抱き締めた。

「朱璃。僕が孵してあげなければ……卵の中で死んじゃう？　朱凰様は、守護を得られなくなる……」

あまりの責任の重さに、押し潰《つぶ》されてしまいそうだ。

こんなにも綺麗な卵を、腐らせるわけにはいかない。絶対に、この卵を孵さなければならない。

でも……そのためには、どうすればいい？

「慈しむ……とか、橙夏さんは言ってたけど……」

そろりと鳥籠の扉を開けて、卵を手に持った。

両手で包み込むと、仄かな朱色の光を放つ。ほんのり……あたたかい。

「生きてる……んだよね。僕はなにもできないかもしれないけど、無事に孵してあげたい。お願い、朱璃」

両手に包んだ卵を、そっと額《ひたい》に押し当てて祈る。

なめらかな卵から答えが返って来るわけではなかったけれど、朱色の光が少しだけ輝きを増したように感じて唇を綻ばせた。

「朱璃。朱凰様のために……無事に孵って」

もう一度話しかけると、やはり朱色の輝きが強くなり、眞白の言葉に応えてくれているみたいだ。

もしかして、殻の中の朱璃に言葉が聞こえているのだろうか。

両手に包み込んだ眞白は、朱璃が大事だよ、と一生懸命に伝えて朱凰の姿を思い浮かべた。

朱凰が『腐卵』のことを知らないわけがない。

それなのに、眞白に言わなかったのなら……余計な重圧を感じさせないように、という気遣いに他ならない。

あの方のためにも、卵の中で生きている朱璃のためにも、どんなことをしてもこの卵を孵化させよう。

そう決意を新たにして、手の中の卵にこっそり唇を押しつけた。

幼い頃に母親がくれたキスは、なにより心地よくて慈しまれていることが伝わって来て……嬉しかった。

朱璃にも、眞白の想いが伝わればいい。

□□□

足元に置いた灯明の光を頼りに、鳥籠を台に掛ける。鳥籠の扉を開けて卵を手に取ったところで、湯浴みを終えた朱凰が戻って来た。

簡素な寝間着を身に着けていても、朱凰は美しい。華美な装飾など一切不要だ。

「眞白。橙夏の講義はどうだ。手厳しいだろう」

湿気を帯びて額に落ちる前髪をぼんやり見詰めていると、眞白の視線を感じたのか朱凰がこちらに顔を向けて話しかけて来た。

慌てて目を逸らした眞白は、ドキドキする心臓を服の上から押さえて答える。

「あ、いえ……世間知らずな僕にも、きちんといろんなことを教えてくれます。最初は、指南役がオウム……ということに驚きましたけど」

橙夏に聞かれたら激怒されそうだが、眞白の生まれ育った村では野鳥は厄介者だった。収穫間近の作物を食い荒らし、咲いたばかりの花の蜜を吸い、追い払おうとしても我がもの顔で空を飛び回る。

しゃべる鳥というものも、王都に来て初めてその存在を知った。

正直に語った眞白に、朱凰は「くくっ」と笑って眞白を手招きする。

迷ったけれど、朱凰に呼ばれて拒めるわけがない。

足元に置いてあった灯明を持ち上げ、右手に卵を包み込んだ眞白は、朱凰が腰かけた窓際の寝椅子の脇に立った。

「灯明はそこに掛ければいい」

窓の脇にある、灯明台を指差した朱凰に「はい」と答えて、左手に持っていた灯明を引っかける。

ぼんやりとした光の中で眞白を見上げた朱凰は、今度は自分の隣を指差した。

「座れ」

「で、ですが」

「俺を見下ろすのと、隣に腰かけるのと……どちらが礼を欠くと思う？」

朱凰と同じ寝椅子に腰を下ろすのと、見下ろすのと……どちらが失敬か。

眞白にとって、究極ともいえる選択だった。どちらも、他の人が見れば目を剥《む》く行為に違いない。

「眞白」

低く名前を呼んで促されてしまえば、もう逆らうことはできなかった。緊張のあまり軽く眩《め》暈《まい》を感じながら、「失礼します」と寝椅子の端に腰かける。

「そんなに端に座っては、落ちるぞ」

はぁ、とため息をついた朱凰が腕を伸ばしてきて、眞白の肩を引き寄せた。

心臓が止まりそうになり、ビクッと大きく身体を震わせる。

「っひゃぃ……は、い」

しかも、驚きのあまり変な声が出てしまった。

もう、なにがなんだかわからない。ぷるぷると震えながら、両手を握り締めるのが精いっぱいで……。

「あっ、朱璃！　無事……っ？」

うっかり右手に持っていた卵を握り締めてしまったことに気づき、慌てて指を開く。

灯明の光の下、検分した卵は……ヒビ一つ入っていなくて、心底安堵《あんど》した。

「よ……かった。ごめん、朱璃。ビックリしたよね」

右の手のひらに乗せた卵を、左手の指先でそっと撫《な》でて、強く握ってしまったことを謝罪する。

眞白の右隣から卵を覗き込んだ朱凰は、クスリと笑って口を開いた。

「昨日、今日で……ずいぶんと仲よくなったんだな」

「あ……馴れ馴れしいでしょうか。橙夏さんが、慈しむようにと。失礼だと思いますが、卵に話しかければ応答してくれるみたいで、可愛いです」

「……可愛い？　そんなふうに考えたことはなかったな」

不思議そうな顔をした朱凰が、指先で卵をツンとつつく。その直後、卵が一際強く朱色の光を放ち、朱凰は驚いた顔で「なんだ」とつぶやいた。

「話しかけたり、キスしたり……触れたりすると、こうして応えてくれるんです。朱凰様に触れられて、きっと嬉しかったのだと思います。これまでに、こんなふうに光を放ったことはありませんでしたか？」

「触れたことは……数えるほどしかないな。それに抱卵役に出逢うまで、卵は休眠状態のはずだ。ようやく、生まれようと……しているのか」

静かに口にした朱凰は、未知のものを目の前にしているかのようにまばたきをする。

気高く美しく、近寄り難いと思っていた朱凰のそんな姿は、眞白の中にある『王子』に対する垣根を低くするのに充分なものだった。

「僕も、まだ知らないことがいっぱいで、橙夏さんや……翠蓮さんに教わるばかりです。朱璃は、朱凰様の守護として必要な存在なのですよね？」

「ああ。守護鳥を持たない王族は、半人前だ。護りが薄い状況を理由に、王都の外に出ることさえ許されない。眞白は……王都まで旅してきたのだろう？　なにも知らないと言ったが、俺の見たことのない世界を知っている」

最後の一言をポツリと口にした朱凰は、窓の外に浮かぶ細い月を仰いだ。

淡い灯明の光に照らされ、無表情で夜空を見上げる朱凰は、とてつもなく美しく……どこか淋しげだ。

「僕が、朱璃を孵します。そうすれば、朱凰様も王都の外を旅できますか？」

右手に包み込んだ卵をジッと見詰めていた眞白は、朱凰の横顔に向かって問いかける。

王都は、煌びやかな都会で田舎にはないものがなんでも揃っていて……でも、大きな湖はない。

草原を自由に駆け回る馬もいないし、青々とした玉蜀黍《とうもろこし》畑や金色に輝く麦畑もない。

朱凰にそれらを見てもらいたいな……と、望まれてもいないのに勝手なことを考える。

こちらに顔を向けた朱凰は、眞白の言葉が意外だったのか少し驚いたように目をしばたたかせた。

「……そうだな」

「では、約束します。腐卵になんか、させません」

迷わず言い放った眞白に、朱凰は苦笑いを浮かべる。

なんの根拠があって言い切るのだと、呆《あき》れているのかと思ったが……朱凰の苦い表情は、眞白に向けたものではなかった。

「腐卵のことを……聞いたのか。たいていの守護鳥は、主が二十歳になるまでに孵る。朱璃は、俺が二十三になるまで抱卵役に巡り合えず……元から出来損ないで、腐卵となっているのではないかと噂《うわさ》されていた。でも、眞白が現れたことで光を放った」

つぶやくようにそう口にした朱凰が、眞白の右手にある卵を指先で撫でると……先ほどと同じく、大きく朱色の光を放つ。

まるで、卵の中の朱璃が「生きている」と訴えているみたいで、眞白はキュッと表情を引き締めた。

「朱璃は、ちゃんと生きています。きっと……朱凰様のために、孵化します」

右手の中にある卵が、ほんのりとぬくもりを帯びる。まるで、眞白の言葉に同調しているみたいだ。

苦笑を微笑に変えた朱凰は、眞白の右手にある卵を、自分の手で包み込むかのようにそっと覆った。

指の長い大きな手は、眞白の手まですっぽりと包み込み……トクトクと鼓動が増す。

「見かけによらず、凛々《りり》しいな。頼もしい。有言実行を期待しているぞ」

眞白を見下ろしながらそう言った朱凰に、眞白はドギマギとうなずいた。

「は……はい。頑張ります」

綺麗な顔が間近に迫ると、心臓が慌ただしく脈を刻む。

しどろもどろになって視線を逸らした眞白に、朱凰はククッと肩を揺らした。

「なんだ、威勢よく孵化させると言っていたくせに……急に弱気になって」

「ち、違います。朱璃は孵化させます！　腐卵になんか……ならないように、朱凰様の護りに就くことができるように」

しどろもどろになったのは、朱凰が綺麗な顔を寄せて来たからだとは……畏れ多くて、言えない。

窓の外に視線を向けた眞白の目に、濃紺の夜空に浮かぶ細い月が映る。

昼間、橙夏が言っていた。

孵化に最適なのは、満月の夜。満ちた月の魔力を借りるのだ……と。

どちらにしても、あの月が満ちるまでが、孵化の時限だ。

朱凰のためにも……朱璃のためにも、絶対に孵化させなければならない。

心の中で決意を新たにすると、眞白の手と朱凰の手に挟まれた卵がかすかに震えたように感じて慌てて視線を戻す。

「朱凰様、今……」

同じ振動を朱凰も感じ取ったらしく、ほんの少し首を傾《かし》げた。

「かすかに、震えたか?」

そっと朱凰が手を除けたけれど、眞白の手のひらにある卵は特段変化しているようには見えなくて。

「なにも……変わっていませんね」

落胆しかけて、気を取り直す。

まだ、眞白は卵の抱卵を始めたばかりだ。焦って、朱璃に重圧を与えてもいけないだろう。

《四》

王都の外に出たことがないという朱凰は、眞白から様々な話を聞きたがった。

朱凰が執務を終えた夜、朱凰の私室にある庭に面した寝椅子に並んで腰かけて、ぽつりぽつりと語ることがいつしか日課となった。

もちろん、眞白の手の中には卵が包まれていて……朱璃も一緒だ。ただ、抱卵を始めて十日が過ぎたにもかかわらず、未だ孵化の兆《きざ》しさえない。

「では、湖には魚が棲《す》んでいるのだな」

「はい。大きなものだと、僕と同じくらい……小さなものは、小指の爪より微小です。水鳥が、魚を目当てに水面を泳いでいることもあります。湖は、王宮の庭にある池を何倍にもした大きさです」

「そんなに大きな池が……いや、湖があるのか」

王宮の庭にある池は馴染み深いものだが、森の中にある自然の湖を見たことはないという朱凰は、不思議そうだ。

「水鳥……か。二番目の兄の守護鳥が、確か水鳥だったたな。王族の守護鳥は、基本体はすべてオウムだが、封印が解けると属性に応じた姿へと変わる」

それは、知らなかった。眞白が抱卵している卵、朱璃がオウムだということは聞いていたけれど、仮の姿なのか。

ふと、身近な『オウム』が思い浮かんだ。

「橙夏さんも、オウムは仮の姿……ということですか？」

「橙夏は、鳳凰《ほうおう》……炎属性だ。王鳥の中でも、最高位に位置する。三代前の王の守護鳥だったが、主亡き後も血族を護れという主君の命令に従って国そのものに帰属している。命運を主と共にする守護鳥としては、異例だ。百を超えて生きているから、知識の宝庫だ。少しばかり口うるさいが……」

朱凰の語ったことに、眞白は無言で目を瞠った。

確かに橙夏は博識で、眞白の知らないことをたくさん教えてくれる。でも、まさか……百歳を超えているとは。

「橙夏さん、実はものすごい……おじーちゃんなんですね」

呆然とした心地でつぶやくと、朱凰は「おじーちゃん……？」と眞白が口にしたことを倣《なら》い、黙り込む。

変なことを言ってしまったか？　と隣に座る朱凰の横顔を窺い見ると、うつむいて肩を震わせていることに気がついた。

「ふ……ふ、ははは っ、なるほど。橙夏を年寄り呼ばわりか。橙夏自身には、聞かせられないな。激怒されるぞ」

そんなにおかしい発言だっただろうか。

いつもクールな朱凰に、笑われてしまった。

「うっかり零さないよう、気をつけます。橙夏さん、怖い……」

橙夏に怒られるのは避けたいので、間違っても橙夏の前では口を滑らさないように気をつけよう。

両手で包み込んだ卵に視線を落とし、窓の外に目を向ける。夜空に浮かぶ月は、初めてここから見上げた時とは比べ物にならないほど明るい。

「もうすぐ……月が満ちますね」

「そうだな。明日か……明後日には、満月だ」

眞白と同じように夜空を見上げた朱凰が、小さくうなずく。眞白の手の中にある卵は、朱色に輝いているけれど変わりはない。

「翠蓮さんが抱卵していた蒼鷲様の卵は、昨夜孵ったそうです。氷属性の、美しい蒼色《あおいろ》の鳥だとお聞きしました。……朱璃を無事に孵化させるのが、僕の役目なのに……」

眞白と同じく守護鳥の卵を抱卵していた翠蓮は、朱凰の弟王子の卵を無事に孵化させたと、橙夏から聞いた。

満月が近づくにつれ……不安が込み上げてくる。考えないようにしていても、考えずにはいられない。

万が一、眞白が朱璃を孵化させられなければ……卵は腐卵となり、朱璃は誕生することができなくなる。

そして朱凰は、この先ずっと、守護を得られない。

この手の中に、朱璃と朱凰……二つの運命を握っているのだと思えば、ものすごく怖い。

指先が震えそうになり、両手で包み込んでいる卵を持つ手に力を込めた。

「俺が守護鳥を得たいと望むには、二つの理由がある」

「……はい」

ポンと頭に手を置かれた眞白は、のろのろと顔を上げて、朱凰に目を向けた。

眞白を見下ろす朱凰の眼差しは、自分がいただくにはもったいないほど柔らかくて……あたたかい。

「俺の王位継承順位は、後に生まれた弟よりも低いと知っているか？　五つ下の蒼鷲のほうが、上位だ」

「…………」

なにを思っての問いかけなのかわからないので、言葉で答えることができない。

眞白が無言で小さくうなずくと、朱凰は短く質問を重ねた。

「理由は？」

「いいえ」

今度は、首を横に振る。

眞白が小耳に挟んだのは、朱凰の王位継承順はその能力に鑑《かんが》みれば不当なほど低い、ということだけだ。

あまりいい雰囲気の話ではないので、朱凰本人の与《あずか》り知らないところで、それ以上深く聞きたいとも思わなかった。

朱凰は、小さく息をついて口を開いた。

「今は亡き生母の身分が、低いせいだ。俺の母は貴族ではなく、眞白と同じ……地方の出の平民だ。祝祭に合わせた行商のため、王都を訪れた母の美しさに魅了された国王が、強引に側室として娶《めと》った」

淡々と語る朱凰の言葉からは、感情を読み取ることができない。

母親の身分が低いせいで自分が不当に扱われているのだと、恨《うら》んでいるふうでもなく……ただ、静かに受け入れている。

だから眞白は、余計な気を回す必要のないところを拾い上げて、言葉を返した。

「朱凰様の母上様が美しい方だということは……肖像を拝見しなくても、わかります。朱凰様も、とても美しいので……」

眞白をチラリと見下ろした朱凰は、言葉の真意を探ろうとしてか、綺麗な紅茶色の瞳でジッと見据えて来る。

その視線を、唇を引き結んで受け止める。

数秒後、朱凰はふっと微笑を浮かべると、眞白の髪をくしゃくしゃと撫で回した。

「おまえの目は、いつも真っ直ぐで心地いいな。母が貴階階級ではない……身分が低いせいで、その子である俺は守護鳥の抱卵役に巡り合えず……卵が孵らないのだと陰口を叩く者もいる。母の汚名返上のために、守護鳥を孵さなければならないというのが、一つ目の理由だ。守護鳥を孵して、自らの王位継承順位を上げたいわけではない。王座に即くことを望んでいるわけではないからな。権力など不要。王座は、窮屈《きゅうくつ》なだけだ」

初めて聞いた朱凰の真意に、眞白は卵を包む手が熱くなるのを感じた。

守護鳥を得ない王族というものが、どんな存在なのか……王宮のことを深く知らない眞白には、わからない。

でも、守護鳥が孵化しない理由が母親のせいだと陰口を叩かれるのは、さぞ悔しいだろうとは思う。きちんと守護鳥を孵すことで名誉を回復させたいと望む気持ちも、痛いほど伝わって来た。

「おまえは、俺が求め続け……やっと現れた抱卵役だ」

そこで言葉を切った朱凰は、眞白の髪に触れていた手を下ろして卵を指先で突いた。

朱凰が触れたからか、卵は朱色を濃くして少しだけ揺れる。

「それは……必ず、孵さなければならないです……ね」

朱凰に、望まれ……ようやく見つかった抱卵役が自分なのだと思えば、今更ながら全身に緊張が走る。

眞白は、急激な喉《のど》の渇《かわ》きを感じて唇を噛んだ。

勢いで「孵してみせる」と宣言したものの、本当に孵せるのだろうかと、底知れない不安が込み上げて来る。

眞白が、密やかに不安を噛み締めていることに気づかないのか、朱凰はいつになく饒舌《じょうぜつ》に言葉を続けた。

「二つ目は……護りがいないせいで、王都を離れられないと言っただろう？　国土は広大なのに、俺の知る世界は狭い。北の国との辺境には、雪が降るらしい。眞白は、雪を見たことがあるか？」

そう尋ねられて、首を横に振る。

眞白の故郷は、王都より南に位置する年間を通して温暖な土地だ。雪というものの話は聞いたことはあるが、この目で実物を見たことは一度もない。

「いいえ。旅の芸人から、話を聞いたことはありますが。空から降る、白く、冷たいものとだけ。触れれば瞬く間に消える、不思議なものだと……」

「母は、雪の降る北の村で生まれ育ったそうだ。だが、側室となってから一度も里帰りすることができなかった。亡くなるまで、故郷の雪を恋しがっていた。農作物には害となることもあり、生活するには疎ましく感じることもあるが、美しいものだと。……俺は、亡くなる直前まで『もう一度雪を見たかった』と言っていた母の代わりに、この目で雪を見たい。そして、王都を目指すため故郷を出る母に、旅の安全を祈願した妹が贈ったという髪飾りを……故郷に里帰りさせてやりたい」

言葉を切った朱凰は、これまで眞白が見たことのない表情で夜空に浮かぶ月を見上げた。

母親を語ったからか、穏やかで……愛しそうで、どこか淋しげな切なさを漂わせていて。

胸の奥が、ギュッと締めつけられているような、鈍い痛みを訴える。

「僕なんかに、そんな大切なことをお聞かせくださって……よろしかったのでしょうか」

朱凰の心の一端を知る喜びと、畏れ多さと、心苦しさ。

いろんなものが複雑に入り交じり、頼りなく語尾を震わせた。

「母の故郷については、紫梟しか知らないことだ。おまえだから、話して聞かせようと思ったのだろうな。眞白には、他者を蹴落としてでも成り上がろうという野心がない。俺に取り入り、抱卵役という立場を自らに都合よく利用しようという、邪心も感じられなかった。ただ……孵化させようと懸命になる姿は、なんとも健気《けなげ》だ」

「……もったいないお言葉です」

眞白に聞かせてくれた、二つの朱凰の望み。

それはどちらも、守護鳥さえいれば叶うものであり……守護鳥がいなければ、実現不可能なものだ。

絶対に、孵化させたい。朱凰のために……孵ってほしい。

これまで以上に強く念じた眞白は、両手で包み込んだ卵をジッと見詰め……ふと、違和感に気がついた。

「す、朱凰様。卵……朱璃が」

今まで見たことがないほど強く、朱色の輝きを放っている。

なにより、なめらかな表面にうっすらとしたヒビがいくつも走っていて、ドクドクと心臓が猛スピードで脈打った。

「どう……して。僕が、強く握ったせいでしょうか。僕の不手際で、卵が割れてしまったら……っ」

孵化させるどころではない。

卵が、朱璃が……自分のせいで取り返しのつかないことになってしまったら、どう詫《わ》びればいいのだろう。

指先が冷たくなる。胸の内側は動悸《どうき》で荒れ狂い、耳の奥で激しく脈動を響かせている。

手の中の異変に狼狽《ろうばい》した眞白は、全身を小さく震わせて「どうしよう」と繰り返すことしかできない。

息さえ止まりそうで……奥歯を噛み締めた瞬間、朱凰の声が耳に流れ込んで来た。

「落ち着け、眞白。大丈夫だから……ほら、深呼吸をするんだ」

「っ……は……っ、ぃ」

落ち着いた調子でそう言いながら、大きな手で背中を撫でられる。

朱凰の言葉に従い、奥歯を噛み締めていた顎《あご》の力を抜いてなんとか息をつくと、身体の震えが少しだけ治まった。

朱凰の左手が眞白の肩を抱き、両手の中に包み込んでいる卵を覗き込んで来る。

「落として踏んでも、ヒビ一つ入らないと言っただろう。この卵に、ヒビが入るとしたら……孵化する時のみ」

「え……」

驚いた眞白は、慌てて卵に視線を戻す。窓の外に浮かぶ月は、満月と呼ぶには一歩だけ足りない太り具合だ。

それでも月からの光は、手の中の卵を目に映すのには充分な明るさで……。

「よく見ろ。ヒビが……広がる」

耳のすぐ傍で、朱凰の声が聞こえる。

卵の色は、朱の深みを増し……一時も目を逸らすことができない。

呼吸さえ憚《はばか》られるような静寂の中、パキ……というかすかな音が、眞白の耳に届いた。微動もせず卵を見詰める眞白の目の前で、ヒビが広がり……コツコツと小さな振動と共に、卵が揺れる。

その動きが止まり、じわりと不安が湧《わ》いたところでコツンと大きく卵が揺らいだ。

「ぁ……」

パキパキパキ……軽快な音を伴ってヒビが亀裂となり、ついに卵が割れた！

ピィとかすかな鳴き声を上げた小さな雛が、朱色に変わった殻の隙間《すきま》から覗いている。息を呑んで一部始終を見守っていた眞白は、掠《かす》れた声で「朱璃？」と呼びかけた。

それに答えるかのように、もう一度、今度は少し力強く「ピィ」と鳴き声を上げた。

「朱凰様っ、卵……朱璃、が……。どうしたら……ええと、橙夏さんは……確か」

卵が孵化した際は、どうすればいいのか。教えられていたのに、焦るあまり頭から手順が吹き飛んでしまったみたいだ。

手の上の儚げな雛をおろおろと見下ろすばかりの眞白は、厳しくも頼りになる指南役を思い浮かべた。

「と、橙夏さん……に。橙夏さんをお呼びして」

「眞白。少し落ち着け」

動揺に揺らぐ眞白の声に反して、朱凰の低い声は平素の落ち着きを保っている。

眞白の肩を掴む大きな手にギュッと力が込められ、コクコクと小刻みに首を上下させた。

「橙夏を呼ぶ必要はない。俺がいるだろう。守護鳥が孵化した際の手順は、心得ている」

「は……い」

朱凰の心強い言葉に、波立っていた心がスッと凪《な》ぐのを感じる。

そうだ。朱璃は、朱凰の守護鳥で……孵化した際にどうすればいいのかなど、承知していて当然だ。

眞白も、橙夏からきちんと教えられていたのに……無様に動揺する姿を見せてしまい、恥ずかしい。

「もっとも重要なものは、これだ。口を開けろ」

手のひらから朱色の殻を摘まみ上げた朱凰が、その指を眞白の口元に運ぶ。

ギョッとした眞白は、とんでもない！　と首を左右に振った。

「朱凰様のお手を煩わせるわけにはっ」

「その状態で、どうすると？　グズグズするな。朱璃が鳴いている」

「……はい」

眞白の両手には、かすかな鳴き声を上げる朱璃が乗っていて……動かすことは不可能だ。

険《けわ》しい表情の朱凰に「眞白」と重ねて名を呼んで促され、そっと唇を開いた。

唇の隙間から押し込まれた朱色の殻は、眞白の舌に触れた途端、シュワ……と泡のように融けた。

「甘い……」

花の蜜に似た、仄かな甘みが広がる。

硬い卵の殻なのに、噛み砕く必要がなく融けて……しかも、甘い。不思議としか言いようがない。

「涙……は、どうするか」

ぼんやりとしていた眞白は、朱凰の言葉にハッとする。

そうだ。まだ重要なものが残っている。

殻を食べた眞白が涙を流すと、その涙は雛の糧となるべく結晶するのだ。

普通の鳥と同じように木の実などを摂取できるようになるまで、抱卵役の涙が守護鳥の雛の栄養源となると橙夏から聞いている。

頭では泣かなければいけないとわかっていても、そう都合よく涙が出るわけではない。

「朱凰様、お手数をおかけして申し訳ありませんが、どこでも構いませんので僕を抓《つね》ってください」

どんな方法でもいいから、ひとまず一滴でも涙を零さなければならない。朱璃が、手のひらでピィピィと鳴いて食事を欲求している。

焦って朱凰に懇願《こんがん》したけれど、冷静さを保つ朱凰は首を捻《ひね》って聞き返して来た。

「しかし……それで涙が出るものか？」

「……息を止めてみます」

手や頬を抓ったくらいで、雫《しずく》となるほど涙が零せるとは思えない。

限界まで息を止めれば、と早速実行に移そうとして……朱凰に「待て」と止められた。

「落ち着けと言っただろう。守護鳥の雛を育てるための、先達《せんだつ》からの知恵がある」

そう……か。確かに、これまでたくさんの人が守護鳥を育てて来ただろうから、眞白の浅知恵など及ばない手段があって当然だ。

「すみません。こんなだから、いつも橙夏さんに『眞白は落ち着きがない』と言われて、羽で叩かれるんですね」

「まぁ、動揺するのはわかる。俺も……殻を持つ指が震えていたことに、気づかなかったか？」

「……いいえ」

眞白に殻を食べさせた朱凰の指が、震えていた？　全然、気がつかなかった。

目を丸くして首を横に振った眞白に、朱凰は薄く笑って立ち上がる。

「そうだな……あれがあるか」

天蓋《てんがい》付きの大きな寝台脇にある、卓を探っている。寝椅子に戻って来た朱凰の手には、銀の小瓶《こびん》が握られていた。

その蓋を開けると、乾燥した赤い木の実が収められていた。

「喉の渇きを癒《い》やすものだが、目のゴミを涙で流すのにも使える。理由は……口を開けろ」

畏れ多い、という思いは拭い去れない。

でも、両手が塞がっていることに変わりはなく、朱凰は指先で赤い実を摘まんで眞白が口を開くのを待っている。

おずおずと唇を開くと、乾いて硬くなった赤い実を押し込まれた。爽《さわ》やかな酸味が口腔に満ちて、唾液腺《だえきせん》を刺激されるのがわかる。

確かに、喉の渇きを癒やすのに適している……と思ったところで、朱凰が「噛め」と短く命じた。

「口に含むだけでは、真価を発揮しない」

「は、はい」

言われるままに、小さな実を噛み締めた瞬間、脳天を直撃する強烈な酸っぱさに身体を硬直させた。

すごい。こんなに酸っぱい木の実があるなんて……。

頭がクラクラするほどの酸味に、目の前がぼんやりと滲む。朱凰の前で吐き出すわけにもいかず、なんとか呑み込んだ。

眞白の様子を見ていた朱凰は、イタズラが成功した子供のように「ククッ」と笑っている。

「酸いだろう。……よし、涙が出たな」

「うー……よか、ったです」

視界が白く霞《かす》んでいる理由は、意識することなく湧き出た涙らしい。

忙しなくまばたきをすると、目尻から雫が頬を滑り落ち……待ち受けていた朱凰の手のひらで、キラキラ輝く結晶となっている。

確かに自分の涙だったのに、不思議な光景だ。

「ひとまず一粒でいいな。あとは、明日のために取っておくか」

そう口にした朱凰は、涙の結晶を一粒載せた手のひらを朱璃の嘴の前に差し出す。

頼りない声でピィピィ鳴いていた朱璃は、即座に結晶の存在を感じ取ったらしく、小さな嘴がそっと啄《ついば》んだ。

「いい子だ。美味《うま》いか」

問いかけた朱凰に、朱璃は「ピイ！」と力強い声で答える。

生まれたばかりの雛にしては、張りのある声だ……と見詰める眞白は、朱璃の全身を覆う産《う》毛《ぶ》が先ほどより豊かなものになっていることに気がついた。

「朱凰様。朱璃……さっきより大きくなっていませんか？」

「そういうものだ。眞白の涙を口にしたからな。王鳥の雛の成長速度は、一般的な鳥とは異なる」

不思議だ。でも、特別な鳥なのだと思えば、どれほど不思議なことがあろうと『そういうもの』なのだろう。

白い綿のような産毛に包まれた朱璃を、ジッと見詰めて……ようやくホッと息をついた。

「ふふ、爪がくすぐったい。やっと逢えて、嬉しいよ。朱璃。……無事に孵化してくれて、ありがとう」

両手を顔の前まで持ち上げて、朱璃と視線の位置を合わせる。

真っ白な産毛と、朱凰の髪と同じ……蜂蜜色の瞳が可愛い。

「……眞白」

「はい？　あの……朱凰様……？」

名前を呼ばれた眞白が顔を上げた直後、背中を屈《かが》めた朱凰の両腕の中に抱き込まれた。胸元で朱璃を包み込んでいる手を、動かすことができない。

戸惑い、身を硬くしている眞白の耳元で、朱凰がポツリとつぶやく。

「礼は、俺がおまえに言わねばならない。朱璃を孵してくれて……ありがとう」

「そんな……もったいないお言葉です。僕は、役目を果たしただけです。朱凰様のお役に立てたのでしたら、幸いですけど……でも、まだ朱璃は赤ちゃんですから、きちんと成鳥になるまで育てなければなりませんよね。全身全霊で、朱璃を立派な成鳥にいたします」

「ああ……それも、『役目』だからな」

「はい」

眞白を抱き込んでいた朱凰の腕が、スッと離れていった。顔を背けているけれど、どことなく硬い表情だ。

自分はなにか……失敗してしまったのだろうか。

「夜更《よふ》けだ。朱璃を籠に戻して、休め。疲れただろう」

「いえ……僕は平気です。あの、控えの間に戻りますが……朱璃の籠を、僕の傍に置いてもいいでしょうか」

あまりにも頼りない、小さな雛から目を離すのが不安で、できれば寝台の脇に置いて眠りたい。

そう思って願い出ると、朱凰は迷う様子もなくうなずく。

「好きにしろ」

「ありがとうございます。……お休みなさいませ」

朱璃を手に乗せたまま、慎重に寝椅子から立ち上がった。台に掛けてある鳥籠の扉を開けて、つい先ほどまで卵を包んでいた赤い天鵞絨に朱璃を包む。

両腕で鳥籠を抱えると、窓のところに立っている朱凰にもう一度「お休みなさいませ」と声をかける。

眞白に横顔を向けたまま動かない朱凰からの返事はなく、深く頭を下げて控えの間に移った。

灯明は、朱凰の部屋に置いて来た。でも、窓から差し込む月の光で、ぼんやりと視界が確保できる。

寝台に歩み寄った眞白は、枕元に金色の鳥籠を置いて見下ろした。

「……朱璃」

名前を呼びかけた眞白に、「ピィ」と小さな鳴き声が答える。堪らなく可愛くて、頬が緩んでしまう。

ベッドに膝を乗り上げて身体を横たえると、月明かりに照らされる金色の鳥籠をジッと見詰めた。

「朱凰様のお話……たくさん聞かせていただいたな。朱璃も、聞いていた？　だから、孵化したんだよね？」

眞白の手の中で、朱璃も朱凰の話を聞いていたのではないだろうか。そして、主のために満月を待つことなく殻を破った。

眞白の勝手な想像だ。でも、そう思えば思うほど正解のような気がして……健気な小さな雛が、愛しい。

「僕が、立派な成鳥にするから」

朱凰と朱璃のため、孵化させる……という誓いは無事に果たされた。

今度は、立派な成鳥となるように育て上げるのが役目だ。

「それが、役目……だよね」

役目と口にした途端、ふとなにか引っかかりを覚えて首を傾げた。

朱凰の纏う空気が変わったのは、眞白が自分の責務だと宣言した瞬間ではなかったか？

でも、もしそうだとして……何故《なぜ》？

「気のせい……かな。孵化できたからといって、調子に乗っておこがましいことを言うって……呆れられただけかも」

それが正解のような気がして来た。

今はまだ、第一関門を突破しただけだ。きちんと成鳥となるまで朱璃を育てなければ、胸を張って役目を果たしたなどと言えない。

「朱璃」

呼びかけても、眠ったのか、朱璃からの返事はもうない。

赤い天鵞絨から覗く、ふわふわの白い産毛を見詰めて……瞼《まぶた》を閉じる。

いつか、母親の故郷を訪ねる……という朱凰の願いを叶えるためにも、朱璃を立派な守護鳥としなければ。

朱璃が育つには、抱卵役である眞白の涙が必須だ。それも、できる限り良質なものがいいと聞いている。

「良質な涙、か」

舌に残る赤い実の酸味を感じながら、どうすればより良質の涙を流せるのか、橙夏に教えてもらわなければならないな……と明朝に成すべきことを思い浮かべる。

「朱凰様……のため……に」

眞白の肩を抱く大きな手。

赤い実や朱色の殻を眞白の口に運んだ際に、唇をかすめた長い指先。

畏れ多くも、両腕の中に抱き込まれて……朱凰様からの、お礼の言葉をいただいてしまった。

いろんなものが浮かんでは消え……なかなか眠れそうになかった。

《五》

朝陽が昇ってすぐ。

朱璃の誕生を知らせると、即座に橙夏が飛んで来た。

『孵化したというのは真か！』

バサササッという羽音が耳に入ると同時に、庭から朱凰の私室に飛び込んでくる。勢いを殺さず金の鳥籠にとまり、白い産毛に包まれた朱璃を覗き込んだ。

ゆらゆら籠が揺れているけれど、朱璃は驚いて「ピィ」と零すでもない。ずいぶんと肝《きも》が据わっているようだ。

「橙夏。もう少し静かに飛んで来てほしいんだが……」

朱凰の苦言も耳に入らないとばかりに、籠にとまった橙夏は朱璃をマジマジと見詰めている。

観察されていることがわかるのか、朱璃は鳴き声を上げるでもなく、籠の中からジッと橙夏を見返していた。

『ふむ、問題はなさそうだ。よくやった、眞白』

「……ありがとうございます」

橙夏の言葉にホッとして、肩の力を抜いた。

昨夜孵化したばかりの朱璃は、見る見るうちに成長している。白い毛も誕生時とは比べ物にならないほど伸び、もう目が見えているようだ。

「橙夏さん、守護鳥……王鳥とはこんなに猛スピードで育つものなんですね。普通の鳥ではないと、わかっていたつもりですけど驚きました」

眞白が疑問を口にすると、橙夏がこちらを振り向いた。バサッと羽ばたいて、眞白の肩にとまる。

『孵化してすぐに与えた眞白の涙が、良質だったのだろう。涙の質については、教授してあるな？』

「はい。でも……どうすれば、より質のいい涙を出せるのか悩ましいです」

『今の朱璃の状態は、悪くない』

橙夏が教えてくれたのは、守護鳥の雛を育てるための抱卵役の涙について。

どのような涙でも、糧としては問題ない。ただし、良好な育成には良質な涙であるに越したことはない。

負の感情から流す涙よりも、美しいものを目にした時に流す涙や嬉しいと感じて流す涙のほうが、雛にとっては美味であり……より成長を促すことができる。

孵化してすぐの朱璃に与えたのは、感情的なものではなく酸味のある実を食べて流した物理的な涙だったけれど、これでも問題はないのか。

「橙夏。昨夜の涙を今朝与えても、大丈夫だろうな」

眞白と橙夏のやり取りを傍観していた朱凰が、そう言いながら手のひらに載せた涙の結晶を橙夏に見せた。

昨夜、朱璃に与えたものの残りを、取っておいたらしい。朝陽を浴びて、キラキラ輝いている。

『……結晶であるなら、よいだろう。鮮度が落ちると、液体に戻る。結晶を保てるのは、丸一日が限度だ』

「わかった。可能な限り、鮮度のいいものを与えることにしよう」

『眞白の涙は、朱璃のためのもの。朱凰も協力するのだぞ』

「……ああ」

朱凰がうなずくと、橙夏はバサッと羽を広げて眞白の肩から朱凰の肩へと飛び移った。

そして、しみじみとした口調で朱凰に語りかける。

『朱凰が守護鳥を得られて、なによりだ。幼き頃は、私の羽を毟《むし》ったりしてずいぶんとヤンチャをしてくれたが……朱璃は虐《いじ》めるでないぞ』

「いつの話だ」

嫌そうに答えた朱凰に、橙夏は『ククク ッ』とオウムらしからぬ含み笑いを漏らす。

橙夏が百を超える歳だと聞いたせいか、どことなく気まずそうな顔で答えた朱凰がなんだか可愛らしく見えてしまい、うつむいた眞白は心の中で「無礼なことを考えるな」と自分を叱咤《しった》した。

『しかし……朱璃は、卵の輝きからして朱色の羽毛を持つと思っていたが……真っ白だな。これでは、属性が見極められぬ』

橙夏のそんな言葉に、ハッと顔を上げて金の鳥籠にいる朱璃を見遣った。

ふわふわと揺れる柔らかな毛は、純白だ。それが、なにか問題なのだろうか。

「孵化してすぐだ。徐々に染まるのではないか？」

朱凰が言い返すと、橙夏は大きく首を傾げた。頭のてっぺんにある一際濃い橙色の飾り毛が揺れ、眞白は耳に神経を集中させる。

『それにしても、片鱗くらいはありそうなものだが……』

何故だろうと不思議そうに首を捻っているということは、橙夏も原因がわからないのか。

朱璃になにか問題が生じているとすれば、抱卵役の自分に原因があったとしか考えられない。

「もしかして、僕のせいでしょうか。なにか……よくないことをしてしまったのか、涙の質がダメなのか。白いことで、朱璃の身体に支障……害があるわけではないですよね？」

眞白は大真面目に、泣きそうな思いで尋ねたのに、橙夏が口にしたのはなんとも惚《とぼ》けた言葉だった。

『属性と能力が見極められぬだけで、害はなかろう。しかし……眞白が抱卵したからといって、真っ白なわけではないと思うがな』

「つまらん冗談だな、橙夏」

ジロリと朱凰に睨まれた橙夏は、気まずそうに口を噤んで朱凰の肩から飛び立つ。部屋を一周して、朱璃の鳥籠にとまった。

『洒落の通じない頭の固い男は、面白くないぞ朱凰。朱璃は、孵化した直後だ。これからどのような変化があるか、まだまだ未知数なのだから、さほど気に病《や》む必要はない。眞白、おまえは無事に卵を孵化させたのだから、もっと胸を張ってもいいのだぞ』

「……でも、朱璃を無事に成鳥に育て上げるまで、気を抜くことはできません」

表情を引き締めて答えた眞白に、橙夏は『まったく、生真面目な』と零して曲がった嘴を羽で撫でた。

『朱璃の様子を見る限り、涙の質は問題ないはずだ。いずれ、朱璃自身が好みを語るようになろう。大らかに育てればよい。なにか異変があれば、報告するように』

「わかりました」

眞白がうなずくと、朱凰に嘴を向ける。

『朱凰も、きちんと手助けするように。朱璃は、おまえの守護鳥なのだからな』

「承知している。……といっても、俺にできるのは、眞白を泣かせることくらいだろうが。王鳥としての心得は、橙夏が教授するだろう？　実質的な養育は……」

朱凰の視線がこちらに向けられて、眞白は小さくうなずいた。

手助けしてくださるというお言葉は嬉しいけれど、朱凰の手を煩わせようとは思っていない。どうにかして、一人で涙を流す術《すべ》を探すつもりだ。

眞白の決意を知らない橙夏は、バサッと羽を広げて朱凰に言い聞かせる。

『泣かせるという言い方は不穏だな。意地悪く虐めて、涙を流させるのではないぞ。朱璃の生育によりよいのは、良質の涙だからな！』

「はいはい、わかっていると言っているだろう。相変わらず、橙夏は口うるさいな」

『なんだその態度は』

憤った橙夏がバサバサと羽ばたくと、とまっている鳥籠が大きく揺れた。同時に、朱璃が「ピィ！」と抗議のものらしい鳴き声を上げる。

『おおっと、すまない朱璃。移動するか』

橙夏は足元の朱璃をチラリと見下ろして、鳥籠から朱凰の肩に移る。偶然か意図してか、橙夏の羽で頬を叩かれた朱凰は、目を細めて顔を背けた。

『無事に孵化したのも、眞白の懸命な抱卵があってこそだ。もう少し眞白を労《ねぎら》ってもよいものを……聞いているか、朱凰。どこを見ている』

明後日の方向を見ている朱凰に、橙夏はムッとした口調で名前を呼んだ。その嘴に蜂蜜色の髪を一房挟んで引っ張られた朱凰は、さすがに背けていた顔を戻す。

「わかっていますよ。眞白は、責任感が強い。俺の卵でなくても懸命に抱卵しただろう。それが、抱卵役の義務だからな」

『なにを、子供のように拗《す》ねた言い方をしている。よいな。朱璃が如何《いか》に育つかは、環境によるのだ。糧である眞白の涙も重要だが、朱凰の教育も不可欠だと忘れるな』

「忘れてなどいない」

小さく息をついた朱凰が、こちらに視線を向ける。

橙夏とのやり取りを傍観していた眞白と数秒視線を絡ませ、表情を変えることなく目を逸らした。

素っ気ない朱凰の態度に、ズキンと胸の奥が鈍い痛みを訴える。

昨夜、朱璃が孵化した時はもっと間近に感じたのに……やはり、自分がなにか失敗してしまったに違いない。

周りで騒いでいるせいか、ピィピィと鳴いている朱璃を鳥籠から出して手の中に包み込む。

ふわふわの毛が手のひらをくすぐり、ぬくもりが伝わって来る。

「仲間外れにされたと思ったのかな」

つい先ほどまで鳴いていたのに、眞白が手に包むと、あっという間に静かになった。手の中で丸くなっている朱璃に、頬を緩ませる。

『ともかく、蒼鷲のところの蒼樹《そうじゅ》と合わせて、久々に孵化した王鳥だ。大事に慈しんで育てるのだ』

そう言い残した橙夏は部屋の中をグルリと回り、開いたままだった窓から庭に出て行った。

よくしゃべる橙夏がいなくなると、途端にシンと静まり返る。

「着替えろ。朱璃には、昨夜の残りを与えて……我らも朝食だ」

「……はい」

そういえば、早朝に橙夏がやって来たせいで朱凰も眞白も寝間着のままだった。

眞白に背を向けた朱凰は、やはり目を合わせようとしてくれなくて。しょんぼりと肩を落として、朱璃を鳥籠に戻す。

控えの間に移動する足取りは、自分でも不思議なくらい重かった。

□□□

「風が気持ちいいね、朱璃。咲いたばかりの花も、いい匂《にお》い……」

草の上に寝転がった眞白は、目を閉じて風の匂いを嗅《か》ぐ。胸の上に乗っている朱璃が、眞白に同意するかのように「ピピッ！」と鳴き声を上げた。

離宮のすぐ傍にある庭園では、彩り豊かな花が咲き誇っている。寒くも暑くもなく、心地いい気候だ。

そうして、朱璃と共に日向《ひなた》ぼっこをしていると……、

「眞白」

突然名前を呼ばれ、パッと瞼を開いた。

視界に映ったのは、キラキラと太陽を弾く……髪？

誰だと驚いた眞白が身体を起こしたのと同時に、耳に覚えのある声が頭上から降って来た。

「おお、これが朱凰様の守護鳥か。あ、眞白。これは孵化祝いだ」

「紫梟様っ？　……ありがとうございます」

キラキラとしたものは、紫梟の髪だったようだ。差し出された『孵化祝い』を反射的に受け取り、そんな自分の無遠慮さに恥じ入る。

「す、すみません。あの……こちらは」

つい受け取ってしまった硝子《ガラス》の小瓶は、なんだろう。きっちりと蓋が閉まっていて、器の外からは中身の推測さえできない。

戸惑う眞白に、紫梟は「イイものだ」とイタズラっぽく笑った。

「守護鳥の雛を育てるのは、眞白の涙だろう？　この精油を目の下に塗ると、ぽろぽろ泣ける

……らしい。美容のために手に入れたメイドが、涙が止まらないせいで使えないと嘆いていたものを譲り受けて来た。朱凰様には、余計なことをするなと怒られるだろうから、内緒にしておいて」

「それは……お気遣い痛み入ります。助かります」

意味深な笑みに少し身構えてしまったけれど、涙を流すためのものは大歓迎だ。図々しいと言われても、ありがたく頂戴することにした。

どうしても上手く涙を出せない時に、使わせてもらおう。

「二十三年も沈黙していた頑固な朱凰様の卵が、ついに孵化したと聞いたものだから……急いて会いに来てしまったよ」

眞白の隣に腰を下ろした紫梟は、そう言いながら眞白の手のひらに乗っている朱璃を覗き込む。

「頑固……ですか。ふ……っ」

紫梟の言い回しに、思わず笑みを零してしまった。

朱凰は、「二十三にもなって抱卵役と巡り合えない卵は、腐卵になっているのではないかと噂されている」などと、周囲の目が冷たかったように言っていたけれど、紫梟は別らしい。

「失礼しました。紫梟様のお言葉が、優しくて……つい。朱璃、紫梟様にご挨拶を。朱凰様の大切なご友人です」

少し手の位置を高くして促すと、朱璃は紫梟に嘴を向けて「ピピピ」と鳴き声を上げた。挨拶をしているつもりなのだろう。

紫梟は、少し驚いたように目を瞠る。

「もうこんなに育っているのか」

「はい。僕も驚きましたが、王鳥は成長が早いそうです」

朱璃は孵化してまだ五日ほどなのに、既に誕生直後の三倍程度に成長している。ふわふわの産毛も、部分的に抜け替わって少し硬くなり……翼らしきものが、なんとなく見てわかるくらいになった。

「羽毛は……真っ白なんだな」

「は、い。橙夏さんは、徐々に色づくのではないかと言われていましたが……まだ、白いままです」

やはり紫梟も、朱璃は朱色のオウムだと予想していたに違いない。

露骨に「朱色ではないのだな」とは言わなかったけれど、真っ白な羽毛に包まれていることが、不思議そうだ。

卵の時は、朱色の光を放っていたのだから……きっと、いつかは朱色になるはずだと期待しているけれど……純白の羽毛を見ていると、確信は持てない。

「まぁ、白は白で美しい。早く大きくなって朱凰を護ってくれよ、朱璃。馬の遠乗りを共にしようと、楽しみにしているんだ」

紫梟は、それ以上色のことに触れず朱璃に笑いかけた。

朱璃を手のひらに乗せた眞白は、優しい気遣いにも、その言葉にもホッとする。

乳兄弟で、幼馴染み……親友だと言っていた。

時おり『朱凰』と家族のように呼ぶことからしても、朱凰と紫梟のあいだには、騎士と主君という立場を超えた絆《きずな》があるに違いない。

「……おっと、王子様のお出ましだ」

ふと紫梟の視線が眞白の背後に向けられ、釣られて振り返る。

王宮に出向いていた朱凰が、戻って来たらしい。

こちらを目指して大股で歩いて来ていたけれど、眞白の傍に立つ紫梟に目を留めてわずかに眉根を寄せる。

「誰と共にいるのかと思えば……紫梟か。なにをしている」

「のんびり屋の朱凰様の守護鳥に、ご挨拶を……と思いまして」

「挨拶か。では、もう用は済んだのだろう？」

あっちへ行けとばかりに、視線を遠くに向けて追い払おうとする朱凰に、紫梟は苦笑を滲ませる。

座り込んでいた草から腰を上げ、眞白と朱璃を見下ろした。

「大切な子に、無断で会いに来たことを怒られてしまったから、退散しよう。またね、朱璃……眞白。いざとなったら、俺が泣かせてあげるから遠慮なく声をかけるんだよ」

そう言った紫梟は、指先で朱璃の背中を撫で……ついでのように眞白の頭にポンと手を置く。少し背を屈め、「アレは朱凰に内緒だよ」と小声で口にして微笑を浮かべた。

「おい紫梟」

硬い声で呼びかけられた紫梟は、険しい表情の朱凰と顔を合わせる。

しばらく無言で視線を交わしていたけれど、ふふっと笑みを深くして、朱凰の肩を軽く叩いた。

「怖い顔だ。朱凰様の大切な子に勝手に手を触れて、申し訳ございません。珍しいものを見せてもらいました。普段は冷めている朱凰様が……人間くさくて大変結構」

親しいという表現を超越した言動に驚く眞白の前で、朱凰は気を害した様子もなく紫梟に言い返す。

「二人きりの時は朱凰様などと呼ぶこともなく、無遠慮なくせに。わざとらしく遜った言い回しをして……おまえのそれは、慇懃無礼《いんぎんぶれい》というんだ」

「眞白と朱璃の手前、さすがにあんまり馴れ馴れしいのはどうかと……」

ねぇ？　とこちらに視線を移した紫梟に同意を求められても、眞白はどうとも反応することができない。

呆れたように嘆息した朱凰は、紫梟の背中を叩いて王宮のほうへと身体を向けさせた。

「もういい。武具庫の管理官が探していたぞ。短剣が一本見当たらないが、紫梟が持ち出したのではないかと」

朱凰の言葉に、紫梟は「あ！」と声を上げる。どうやら、短剣の行方に心当たりがあるようだ。

「しまった。桃花《とうか》と一緒に掘った芋《いも》を短剣に差して、焼いて食ったんだ。武具庫に戻すのを忘れていた」

「……しっかり叱られろ」

眉間の皺《しわ》を解いた朱凰は、ため息をついて紫梟の背中の真ん中を強く叩く。

さすがにマズいと思ったのか、チラリと振り向いた紫梟は眞白に「困ったことがあれば、遠慮なくなんでも言っておいで」と小さく手を振って、早足で去って行った。

「あいつは、なにをしていたんだ」

「あ……朱璃に逢いたかったと、ご挨拶のためにいらしたようです。朱凰様が守護を得られたと、お喜びでした」

内緒だと口にした紫梟の声が耳によみがえり、咄嗟に小瓶を手の中に握り込んで隠してしまった。

本当は、隠すべきではなかったと気がついても、後の祭りだ。

後ほど見咎められ、それはどうしたと聞かれれば嘘はつけないのだから、今ここで自ら申告したほうがよかったのに……。

「意味深なことを言い残していたな。いざとなれば……紫梟に泣かせてもらうのか」

「いいえ」

そっと首を横に振ると、大股で距離を詰めてきた朱凰が眞白の前で足を止めて、背中を屈める。

両手で頬を包み込まれ、息を呑んだ。

華やかな紅茶色の瞳が、ジッと眞白を見詰めている。強い眼差しから、視線を逸らせない。

「誰も頼る必要はない。眞白は、俺が泣かせてやる」

そんな宣言と共に親指の腹で目尻を擦《こす》られて、トクトクと心臓が鼓動を速める。

頬に触れている手から、朱凰の体温が伝わってくる。動悸がどんどん激しくなり、息が苦しい。

「いいな？」

「は……い」

うなずくと同時に詰めていた息を吐き、ようやく朱凰の手と視線から解放された。

朱凰の目は、凛々しく……どんなものより美しくて、長く見据えられていると魂《たましい》を吸い取られそうだ。

ぼんやりしていたけれど、下から「ピィ」と小さな鳴き声が聞こえて来て、慌てて手元に目を向ける。

しまった。朱璃のことを、意識から追い出しそうになっていた。

「ごめん、朱璃……」

『ピッ……すおーさま……ましっ、ろ』

しゃべっ……た？　誰が？

目を見開いて、手のひらの朱璃を凝視する。朱凰の耳にも届いているはずなのに、なにも口にすることなく眞白の前に立ったままだ。

顔を上げ、朱凰にも聞こえたか確かめようとしたところで……。

『ごはーん！』

確かに、朱璃がしゃべった。

小さな嘴が動いているのが見えたのだから、間違いない。

慌てて朱凰を見上げると、眞白と同じように呆気《あっけ》に取られていたのか、朱璃を見下ろして目をしばたたかせている。

「す、朱凰様」

「あ……っと、朱璃が……しゃべったな」

『ハイ、すおーさま！』

眞白と朱凰の会話に当然のように参加してきた朱璃は、多少おぼつかない響きだけれど、きちんと言葉を発している。

しかし、その内容は……。

『ゴハン！』

どうやら、空腹らしい。

まだ多くはしゃべれないのか、その後は「ピピッ、ピィ」と聞き慣れた鳴き声を上げている。

眞白が言葉を失っていると、目前に立っていた朱凰が突如その場にしゃがみ込んだ。

なにかと思えば、

「は……はは……、くくく……っ」

うつむいて、小刻みに肩を震わせている。

我に返ると同時に、笑いが込み上げて来たようだ。眞白も、つい「はは……」と頬を緩ませてしまった。

人の言葉をしゃべったかと思えば、……『ごはん』？

『ごはっ……。すおーさま、ましろっ。ごはーん』

たどたどしい口調で催促する朱璃に、朱凰は噛み殺し切れない笑みを唇に浮かべたまま、うなずいた。

「クク……わ、わかった。眞白……こちらへ。庭園には、観賞用の花だけでなく様々な効果を持つ薬草も栽培されている。あちらの草の葉を噛むと、鼻がツンとして涙が出る」

「……はい。こちらの庭園には、故郷では見たことのない花や草がたくさんあります」

「王鳥たちのために、実の生《な》る木もたくさんある。朱璃も、育てばここで好きに食事を調達するだろう。ただし、人間が口にすると毒となるものもあるから気をつけろ」

「はい」

朱凰に左手を引かれて、庭園の奥へと進む。

右手のひらにいる朱璃を見下ろすと、朱凰と眞白の会話の内容がわかるのか、期待に満ちた瞳でこちらを見上げていた。

朱璃のおかげで、なんとなく張り詰めていた空気が霧散《むさん》した。感謝しなければならない。

『ごはっ、ん。ましろ！』

「そう急かすな。眞白に必要以上の重圧をかけると、逆に涙が引っ込むぞ」

『ピィ……』

朱凰の言葉に、朱璃はピタリと口を噤んだ。

不安そうにこちらを見ているから、「大丈夫だよ」と笑いかける。

こんなに待《ま》ち侘《わ》びているのなら、どんなことをしてでも、早々に涙を流してあげなければならない。

どうしても泣けないなら、唇か舌の端を噛んで……と考えたところで、眞白の左手を掴んでいる朱凰が低く口にした。

「……眞白。唇を噛んだりするなよ」

「はっ、はい」

考えていることを言い当てられてしまった。

焦る眞白に、朱璃が小さく訴えて来る。

『イタイの、おいしくナイ』

橙夏が言っていたように、涙の質によって味が違うらしい。

美味《おい》しくないと聞いてしまっては、今後はもう唇を噛むという方法は使えない。

どうしても泣けない時は、どうすればいいだろう。あの、紫梟から貰った小瓶に頼るしかないのか？

そんな不安を感じていると、前を歩く朱凰がポツリと口を開いた。

「俺が、泣かせてやると言っただろう」

「……はい」

掴まれた左手から伝わってくる朱凰のぬくもりを感じながら、広い背中を見詰める。

すっかり落ち着いていた心臓が、再び鼓動を速めて……ドクドクと忙しなく脈打っている。

脈動が激しくて、指先まで痺《しび》れるみたいだ。

どうしよう。顔が熱くなって来た。

どうしてこうなっているのか、眞白自身もわからない。問《と》い質《ただ》されても答えられないから、なにも言わない朱凰がありがたい。

……掴まれたままの手から、体温や忙しない脈拍が朱凰様にまで伝わりませんように。

そう、ひたすら願いながら、咲き誇る花のあいだを歩いた。

《六》

朱璃は、早朝から元気だ。バササッと羽音が聞こえて来たかと思えば、頭の上に着地したのを感じる。

『眞白っ。腹ヘリ！』

「ん……ちょっと待って」

耳元で朱璃の声が空腹を訴えて来て、ゆっくりと寝返りを打った。バサッと羽音が響くと、部屋の中を白いオウムが旋回し……失速したあと、落ちた。

「朱璃っ？　大丈夫？」

慌てて寝台から飛び下りた眞白は、床の敷物の上で蹲《うずくま》っている朱璃の脇に膝をついて見下ろす。

『イテテ……落ちタ』

「怪我はしていない？　無理したらダメだよ。橙夏さんにも言われただろ。焦らず、少しずつ飛ぶ距離を長くしなさい……って」

朱璃が飛べるようになったのは、二日前だ。

まだ練習をしているところなのに、朱璃自身は普通に飛べると思っているらしく……頻繁に落ちている。

『朱璃、飛ベル！』

頭を振った朱璃は、胸を張ってそう宣言しながら眞白を見上げたけれど、低い声が「馬鹿者」と一蹴《いっしゅう》した。

「……飛べていないから、落ちるんだろう。己の能力を過信するな」

パッと顔を上げた眞白の目に、呆れた顔でこちらを見ている朱凰が映る。大股で朱璃と眞白の傍に歩いて来て、「聞いているか、朱璃」と眉を顰めた。

『……ごめんなサイ』

「朱凰様、おはようございます。あっ、身支度が整っておらず……申し訳ございません」

きちんと身支度を整えている朱凰の前で、未だに寝間着姿の自分が恥ずかしい。

敷物の上でしゅんと項垂《うなだ》れている朱璃を手の中に掬《すく》うと、慌てて立ち上がって朱凰に頭を下げた。

「着替えて、朝食だ。朱璃は少し待て。眞白が甘いからといって、ワガママを言うな」

『ハイ……朱凰様』

羽をギュッと身体に添わせて身を小さくしている朱璃は、なんとも可愛くて……可哀想になり、左手の人差し指で背中を撫でる。

「ごめんね、すぐに朱璃にもご飯をあげるから」

『イイ……待ツ』

小刻みに頭を振った朱璃は、眞白の手から飛び立って肩に移動した。落ち込んでいるのか、それきり黙り込んでしまう。

眞白と朱璃のやり取りを見ていた朱凰は、呆れたように、

「それが甘やかしているというのだ。……庭側の露台に朝餉を運ばせている。眞白も共に食事を摂れ。……朱璃も来い」

そう言い残して、背を向けた。

朱凰が続きになっている自室に姿を消したところで、肩に乗っている朱璃をチラリと横目で見遣る。

……朱凰様は、僕が朱璃を甘やかしていると言うけれど……朱凰様自身も、朱璃には厳しくなり切れていないと思う。

落ち込む朱璃に、密かに頬を緩ませてそっと声をかけた。

「聞いたよね、朱璃。一緒に露台に行こう。朱凰様のお食事が済めば、すぐに朱璃のご飯だよ」

『……ウン』

コクリとうなずいた朱璃が、眞白の首筋に頭をすり寄せて来る。

今度はハッキリとした笑みを浮かべた眞白は、「急いで寝間着を着替えなきゃ」とつぶやいて、部屋の隅にある衣類を収めている長持に駆け寄った。

朱凰は、眞白に給仕をさせて自分だけ食事を摂ることを嫌がる。畏れ多くも、朝餉と夕餉はたいてい眞白も同席させてもらうのだけれど……萎縮してしまうことを、感じているに違いない。

準備だけ整えさせると、給仕の召し使いを引かせて眞白と二人だけの空間を作ってくれる。いや、正確には朱璃も一緒なので、二人と一羽か。

「もう少し育てば、朱璃も眞白の涙以外のものを口にするようになる。まずは、花の蜜からだな」

そう言いながら朱凰が匙《さじ》に掬ったのは、朱凰の髪の色と同じ、陽の光を透過するように美しい花の蜜だ。

匙を傾けてこんがり焼けた乾蒸餅《ビスケット》に垂らすと、その様子を見ていた朱璃が首を傾げた。

『蜜……眞白ノ涙より、オイシ？』

「さぁな。俺は、眞白の涙の味を知らないから比較のしようがない。……果物ばかりではなく、これも食べろ。眞白は細すぎる」

そう言いながら、たっぷりと蜜のかかった乾蒸餅を差し出されて、眞白はギョッと目を見開いた。

「そんな、朱凰様のお手を煩わせて……っ」

一口大に割った乾蒸餅から流れ落ちた蜜が、朱凰の長い指に伝っている。こんなふうに手を汚して家臣に食事を与えようとするなど、高貴な方のすることではない。

恐縮する眞白を、朱凰は円卓越しに睨みつけて来た。

「断るというのか？」

「い……いただきます」

眞白が答えると、朱凰は満足そうにうなずいて口元に手を伸ばして来た。

まさか、口にまで運ぶつもりなのかと……泣きそうになりながら視線を向ける。

目が合った朱凰は、なにを思っているのか読めない無表情で「早く口を開けろ」と急かして来た。

「ッ……」

ほんの少し開いた唇に、ほんのりとあたたかい乾蒸餅が押し込まれる。牛酪《バター》と蜜の甘みが舌に広がり、必死でむぐむぐと口を動かした。

朱凰の手からいただいたと思うだけでもったいなくて、呑み込もうとしても、喉に引っかか

りそうだ。

眞白は見るからに奇妙な顔をしていたのか、指に付着した蜜を舐《な》め取った朱凰が怪訝《けげん》そうに尋ねて来た。

「口に合わないか？　この季節に初めて花を咲かせた、柑橘樹《かんきつじゅ》から採った蜜だが」

誤解させてはいけないと、慌てて頭を左右に振る。

「いいえっ、とても甘くて美味しいです。こんなに上品な蜜は、僕の故郷では採れません。……なんだか、申し訳ないです」

故郷と口にした途端、残してきた家族の顔が頭に浮かんだ。

籠に盛られた焼きたての乾蒸餅も、蜜も……眞白の家では、滅多に食卓に並ぶことのないご馳走だ。

普段は、固い麺麭《パン》と野生の木の実で作った果醤《ジャム》を、空腹を満たす程度に口にするだけで……両親や弟妹を思い浮かべると、うつむいてしまう。

「申し訳ない？」

「妹や弟は、これほど上質の蜜を知りません。僕だけ、朱凰様からいただいてしまい……」

「嬉しがるのではなく、落ち込む……か。眞白、おまえに喜びの涙を流させるのは、難しいのだな」

ふぅ、と朱凰が息をつくのがわかって、慌てて顔を上げた。

これは、眞白の勝手な感傷であり、珍しいものを食べさせてもらったことを喜んでいないわけではないのだ。

「申し訳ございません、朱凰様。喜びです。ただ、僕が勝手に」

「謝ることではない。……おまえの涙を待つ朱璃に、極上のものを食させてやりたいだけだ」

「は、はい。朱璃のため……ですね」

朱璃のためを思った朱凰の行動を、無駄にしてしまった……と、ますます落ち込みそうになり、視線を卓に落としたところで朱璃と目が合う。

ダメだ。朱璃に、しょんぼりとした顔を見せてはいけない。

「……朱璃のために、というだけではない」

朱凰が、ポツリと口にするのが聞こえて来たけれど、顔を上げた眞白の目には茶碗に口をつける姿しか窺えない。

きちんと朱凰の意図を汲《く》み取れない自分の愚鈍《ぐどん》さが、腹立たしい。

『眞白。蜜……オイシ？』

首を傾げた朱璃がそう尋ねてきて、「うん」とうなずいて見せる。

「すごく美味しいよ……ぁ」

答えた直後、朱凰がため息をついた理由をうっすらと悟った。

ただ、一言だけ「とても甘くて美味しいです」と答えればよかったのだ。

「朱凰様。あの……蜜、すごく美味しいです。朱璃にも、少しだけ食べさせてもいいでしょうか」

「そうだな。そろそろ、孵化して一月《ひとつき》か。眞白の涙以外のものを試してもいいだろう」

朱凰の許可を得て、朱璃を見下ろす。

眞白と朱凰が、「甘くて美味しい」と語っていたのを聞いていた朱璃は、そわそわと身体を揺らしていた。

「眞白。指を」

「はい」

促されて差し出した左手の人差し指に、朱凰が匙で掬った蜜を一滴垂らされる。

それを朱璃の前に差し出すと、恐る恐る……という形容がピッタリな動きで、ツンと嘴で突いた。

「どう?」

『……眞白ノ涙が甘イ』

期待していた味ではなかったのか、左右に首を捻りながら答えた朱璃に、困惑する。朱凰を窺うと、苦笑を浮かべて朱璃を見ていた。

「朱璃には、まだ大人の味だったか。食事が終われば、庭園を散策しよう。道中にある薬草で眞白に涙を落とさせるから、もうしばし待て」

『……ハイ』

しょんぼりと答えた朱璃を前にした眞白は、茶碗に残っているお茶に急いで口をつけた。

朱璃は、早くから空腹を訴えていたのだ。グズグズしていてはいけない。

「ごめん、朱璃。すぐにご飯あげるから」

『イイ子で待ツ』

テーブルの上でピョンピョンと跳ねた朱璃は、眞白の左腕にとまって肩まで飛び上がり、待機姿勢に入る。

その様子を見ていた朱凰が、

「待つと言いつつ、急かしているぞ」

と笑ったけれど、朱璃は『待ってマス』と言い張り……眞白は、自分の前にある皿に残っていた木の実を、急いで噛み砕いて呑み込んだ。


『お日様、ヌクヌク。水浴びスル！』

眞白の涙を口にして空腹が満たされた朱璃は、ますます元気だ。パタパタ飛んでは小道の両脇にある低木で羽を休ませながら、どんどん先に進んで行く。

「水浴びか。池か小川だな」

「朱凰様、お時間はよろしいのですか？」

朝食後の朱凰は、執務のために王宮に向かうことが多い。王太子である兄王子の手伝いや、紫梟と剣術の鍛錬に勤《いそ》しむこともあるらしい。

そのあいだ、眞白は朱璃と共に橙夏の元へ出向き、朱凰個人の守護としてだけでなく、王鳥の役目など様々なことを学ぶのだ。

朝食後に、のんびり庭園を散策することは珍しく、大丈夫かな？　と横顔を見上げて問いかける。

「兄は、守護鳥を伴って遠出をしている。今日は暇を貰っているから……たまには、朱璃につき合うのもいいだろう」

「朱璃、すごく嬉しそうです」

こうして陽の出ている時間に朱凰と過ごせることは滅多にないせいか、朱璃はいつになく浮かれている。

『水浴び！　水スキ！』

と歌うように口ずさみながら、パタパタ忙しなく羽を動かしている。

王宮の庭は広大で、一年を通して花を咲かせる四ヵ所の庭園の他に、大小二つの池や小川も流れている。

水浴びが気に入っているらしい朱璃は、庭園の小道を抜けた先にある池を目指して飛んでいる。

小川を越えれば、池に着く……というところで、先に進んでいた朱璃が引き返して来た。

『朱凰様、橋ナイ！』

「うん？　橋がない？　きちんと整備しているはずだが……」

肩にとまった朱璃の言葉に怪訝そうに首を捻った朱凰は、足の運びを速くして小道の先を目指した。

眞白も、慌ててその後を追いかける。

小道の脇に茂っていた低木が途切れ、前方に池が見えて来た。池と繋がっている小川には、木の橋が架《か》かっている……はずなのに、確かに途中で崩れているようだ。

さほど川幅が広いわけではないけれど、一跨《ひとまた》ぎというわけにはいかない。対岸へ渡るには、橋が必要だ。

「誰かが踏み抜いたのではなく、木が自然と朽《く》ちたようだな。先日の雨で、弱っていた部分が流されたか」

橋の脇に屈み込んだ朱凰が、木材に手を触れて検分している。眞白は、ハラハラとその背中を見守った。

あまり、川に身を乗り出さないほうがいいのでは……橋が落ちているので、危ない。

でも、眞白が注意するなどというおこがましいことはできず、落ち着きなく目を泳がせるので精いっぱいだ。

「川の中の支柱は、残っているか……」

屈んでいた朱凰が立ち上がり、岸に残っている橋の床板に一歩足を踏み出した。小川を覗き込んだところで、バリッと嫌な音が響く。

恐れていた事態に、眞白は心臓が大きく脈打つのを感じながら目を瞠った。

「朱凰様！」

『朱凰様ぁ！』

眞白と同時に朱璃も声を上げ、大きく傾いだ朱凰の身体に手を伸ばした。朱璃も朱凰の服の端を嘴で銜《くわ》えたけれど……支えられるわけもなく、派手な水音が響き渡る。

水飛沫《みずしぶき》が飛び散り、川の中にしゃがみ込んだ眞白は、同じく川に落ちた朱凰を慌てて見上げた。

「朱凰様！　ご無事ですか？　申し訳ございません。お支えできなくて……」

「いや、なんともない。水量が少なくて幸いだった。眞白こそ、どこも傷めていないか」

「僕は大丈夫です。朱璃……っ」

一緒に落ちたはずの朱璃を探して、視線をさ迷わせた。

どこだ？　朱璃……。

『眞白、ココ。無事！』

頭上から聞こえて来た朱璃の声に、ホッとして身体の力を抜く。ちゃっかりと、眞白の頭の上に避難していたらしい。

「よかった……」

「陽射しはあたたかいが、水は冷たい。ひとまず、岸に上がろう」

「は、はい」

朱凰に腕を取られて、川から岸に上がった。ぽたぽたと全身から水が滴り、そっと朱凰の髪に手を伸ばす。

「失礼します。朱凰様、木の葉が……」

『朱凰様、朱璃……護れナイ。ゴメンナサイ』

朱璃は、朱凰を護れなかったことに落ち込んでいるらしい。羽をぴっちりと畳み、項垂れている。

「ああ……気にするな。おまえはまだ幼鳥だ。仕方がない」

『は、早く大きくナル。キチンと、朱凰様を護ル』

ぱたぱたと羽を動かして、朱凰に風を送り……少しでも乾かそうとしているのだろうか。

一生懸命な朱璃には悪いが、小さな羽ではどんなに頑張っても水気を飛ばせそうにないが。

「朱璃。朱璃だけが悪いんじゃないから、落ち込まないで。僕が、きちんとお支えするべきだったんだ」

朱璃をそっと手の中に包み、慰める。幼鳥の朱璃よりも、眞白のほうに非がある。

そうして川岸で落ち込んでいると、朱凰が吐息をついて立ち上がった。

「おまえたちに責任はないだろう。俺の不手際だ」

「ですが、朱凰様」

反論しかけた眞白の腕を掴み、立ち上がらせる。水の滴る前髪を撫で上げると、軽く額を叩いた。

「ここで誰が悪いと言い合っていても、仕方がない。宮殿に戻って、湯浴みと着替えだ」

「……はい」

手のひらに乗った朱璃と目を合わせて、小さくうなずく。

朱凰は、自分たちを責めない。でも、やはり眞白と朱璃が護らなければならなかったのだ。

小川は小さく浅く、怪我がなかったことだけが幸いだが……これが流れの速い大きな川だったら？　と考えて、ゾクッと背中を震わせた。

「震えている。寒いのだろう。急いで戻るぞ」

眞白の身震いを、寒さゆえだと誤解したらしい朱凰に急かされて、庭園の小道を早足で戻る。

眞白の腕を掴む朱凰の手はあたたかくて、尚更申し訳ない気分になる。

朱璃を、立派な成鳥に育て上げよう。なにがあっても、今度は必ず朱凰を護れるように。

そう決意を新たにした眞白は、肩に飛び乗って来た朱璃と視線を交わした。

朱凰のために、早く、立派に成長しよう……と。

朱璃も、同じことを決意しているのだと伝わってきて、小さくうなずき合った。

《七》

花の香りに包まれた庭園は、色鮮やかな花が咲き乱れている。その中を舞う白いオウムは、少し離れていても目立つので見失うことはない。

「元気だなぁ。……子供だからか?」

子供が遊びに夢中になるのは、人間も鳥も同じらしい。

野山を駆ける、妹や弟たちを思い出してクスリと笑った眞白は、パタパタと羽を動かして飛んで行く朱璃を速足で追いかけた。

朱璃の飛ぶ姿は、初めは見ているだけでハラハラするくらい危なっかしいものだった。でも、橙夏の指導の賜物《たまもの》もあってかこの五日ほどで飛行距離が長くなり、失速してうっかり落ちることもなくなった。

ふわふわの産毛は完全に抜けて大人の羽になり、翼を広げた姿も様になっている。大きさだけを見れば、橙夏たち成鳥とほとんど変わらない。

『眞白。早ク!』

「僕は朱璃と違って飛べないから、そんなに早く歩けないよ」

眞白の歩く速度が遅いと、焦れたように戻って来た朱璃に苦笑する。木立を飛び越えられる朱璃と違い、眞白は小道に沿って歩かなければならないのだ。

『オヤツ、食べてイイ？』

「うん。ここの果実は朱璃たちのものだから、いつでも好きに食べていいって朱凰様が仰っていたよ」

庭園の花や果実の生る樹は、もともと王鳥たちのために植えられたものらしい。成鳥となり、抱卵役の涙を必要としなくなった王鳥たちは、ここで日々の糧を得る。

今でも眞白の涙が一番美味しいと言う朱璃だけれど、少しずつ庭園の花蜜や木の実を口にするようになった。

早く成鳥となり、朱凰様を護りたい……という望みに向かい、独り立ちしようと頑張っているのだとわかる。

川に落ちた日から、朱璃の『早く成鳥に』という思いはいっそう強くなっているみたいだ。

眞白は、そんなに急いで大人にならうとしなくていいのにな……と少し淋しくもあり、健気に成長しようとする朱璃を応援しなければとも思う。

現状維持と成長を同時に願う自分は矛盾していると思いながら、木の枝にとまって黄色い実を啄む朱璃の姿を見詰めた。

その実はあまり好みではなかったのか、一つ二つ口にしたところで小道から外れ、木々のあいだを飛んで行き……数分で戻って来る。

『眞白、眞白ッ！　オイシ実アッタ！　赤イ、甘イ、スゴイ！』

パタパタと飛んで来て眞白の肩にとまった朱璃が、一生懸命に『オイシ実』を語る。

眞白は唇に微笑を浮かべ、朱璃の頭のてっぺんで揺れているクルリと巻いた飾り毛を目に映した。

「好みのものが見つかって、よかったね」

『コッチ、眞白も食ベル！』

バサッと羽音を立てて眞白の肩から飛び立った朱璃は、『コッチ、コッチ』と言いながら頭の周りを旋回して眞白をその実のところへ案内しようとする。

自分が食べて美味しかったものを、眞白と分け合いたいと思ってくれる心優しい朱璃が、愛しい。

でも……。

「待って、朱璃。それ、僕が食べて大丈夫なもの……かな？　朱璃には申し訳ないけど、朱凰様は人間が食べると毒になるものがあるって……」

『ンー……見ル！』

眞白の言葉に悩んだようだけれど、食べられなくても眞白に見てもらいたいと口にして先導するように飛んで行く。

まぁ……見るだけなら……と、朱璃の誘いを受けることにしてその姿を追いかけた。

小道を少しだけ外れたところに、眞白の背と同じくらいの高さの樹があった。朱璃が言ったように、赤い小さな実がたくさん生っている。

『コレ！』

「……こんな実があるなんて、今まで知らなかったなぁ」

木の枝にとまった朱璃は、『オイシ』と言いながら赤い実を啄む。

王宮の庭園は広大だ。他にもまだまだ、眞白の知らない花や樹木があるに違いない。

『眞白、ヤッパリヤダ？』

満足したらしい朱璃は、やはり眞白は食べられないのかと首を傾げる。その仕草が可愛くて、手を伸ばした眞白は一つだけ赤い実を指先で摘んでみた。

親指の爪くらいの大きさで、艶々とした赤い実。これと似たものを、どこかで見たことがある？

いつ、どこで……と記憶を探った眞白は、朱璃が孵化した直後に朱凰から与えられた乾燥した実のことを思い出した。

「あれ？　もしかしてアレは、この実を乾燥させたものだったのかな？」

見れば見るほど、似ている。いや、これはもう同じものだと言ってしまっていいのでは。

眞白はものすごく酸っぱいと感じたが、朱璃は繰り返し甘いと言っている。乾燥させたせいで、糖分が酸味に変化したとか……そういうこともあるのかもしれない。

「毒には見えないし、もし朱璃と僕の味覚が違っていても酸っぱいだけ……だよね」

マジマジと赤い実を見詰めていた眞白は、木の枝にとまっている朱璃の視線を感じながら、そっと前歯で齧《かじ》ってみた。

予想より固い皮が、プツリと破れて……皮と同じ紅の果肉は、ほんのりと甘い。

『眞白。ヘイキ?』

「うん、大丈夫みたいだ。確かに……これは、甘いかな」

もしくは、甘酸っぱい……というべきか。

眞白が首を捻っていると、朱璃が翼を羽ばたかせて木の上部へと舞い上がった。眞白では手の届かないところにある小枝を折り、嘴に銜えて降りて来る。

『コレ、甘イ!』

「……ありがとう」

どうやら、眞白のためにわざわざ採って来てくれたらしい。

せっかくなのでいただくことにして、朱璃が銜えた枝についている実を一粒摘まみ、口に放り込んだ。

奥歯で噛むと……確かに、さっきのものより甘い。

「上のほうだと、お日様がたくさん当たるからかな。美味しいね、朱璃」

『眞白もオイシ！』

朱璃は嬉しそうに肩に飛び乗って来て、『赤イの、オイシ！　朱璃も、赤に〜……ナレ！』と身体を揺らしながら歌うように口にする。

その言葉に、眞白はハッとした。

朱璃が、赤くなれ……と望む理由は、自分たちが「朱璃は白い」とか「朱凰の守護鳥は朱色だと思っていた」と無神経に話していたせいではないだろうか。

孵化する前も、孵化した直後……まだ言葉をしゃべれない雛だった時も、朱璃はきちんと聞いていたのかもしれない。

「ねぇ、朱璃……今まで聞いたことなかったけど、卵の中にいた時……孵化する前のことって、憶えてる？」

唐突な眞白の質問に、朱璃は『んん？』と首を傾げた。左右に首を捻り、不思議そうに答える。

『眞白ガ、朱璃ヲ目覚めさせてカラ、話聞こえタ。憶えてル。眞白、朱凰様ノことイッパイお話しシタ！』

目覚めさせたというそれは、眞白が朱璃の抱卵役に選ばれた時のことだろうか。

白い卵が朱色の光を放ち、孵化の準備を始めた頃から朱璃が自分たちの話を聞いていたのだとしたら……やはり、羽の色に関することも耳に入っていたのだ。

朱凰のことばかり話して聞かせていたと言われれば、なんとなく恥ずかしくて照れくさいけれど、今は照れるより朱璃に謝るほうが先だ。

「そっか。やっぱり聞こえて……わかってたんだ。朱璃、ごめんね」

悪意など微塵《みじん》も持っていなかったとはいえ、真っ白の羽毛がよくないもののように朱璃の耳に聞こえていたのなら……どんなに傷ついていただろう。

そう思い至った途端、胸の奥がズキズキと痛みを訴える。羽の色など、朱璃にはどうすることもできないのに……。

『ゴメン？　ドシテ？』

赤くなりたいと口にしたことを自覚していないのか、朱璃は不思議そうに聞き返して来たけれど、眞白はもう一度「ごめん」とつぶやくしかできない。

白い羽毛を、独り気に病んで「赤くなりたい」と願っていた朱璃の心情を想像すると、胸が苦しくて堪らなくなる。鼻の奥がツンと痛くなり、目の前がぼんやりと霞んだ。

ダメだ。目を潤ませた変な顔を、朱璃に見せてはいけない。不安にさせてしまう。

顔を隠すため、うつむいた眞白を慰めようと思ったらしく、朱璃は『オイシの食ベル？』と口元に枝ごと赤い実を押しつけて来る。

その枝を手で受けた眞白は、一つ……二つ赤い実を口に含んで咀嚼《そしゃく》し、呑み込んだ。

「お、おいし……ね」

ぎこちないものだったかもしれないけれど、朱璃に「ありがと」と言いながらなんとか笑みを取り繕った。

……笑えた、と思ったのに。

『眞白、涙出タ』

朱璃に指摘された通りに、まばたきをした弾みに目尻から涙の雫が零れ落ちてしまった。

キラキラ輝く結晶となって頬を転がり、慌てて手のひらで受け止める。

「あ……朱璃がくれた実が、すごく美味しかったから……嬉し涙かな。食べる？」

『食ベルー！』

美味しさに感動して涙が出た、という苦しい言い訳をした眞白を疑うことなく、朱璃は嬉々として涙の結晶を啄む。

『嬉シ涙？　チョト、淋シ？』

涙の味で、眞白の嘘が朱璃に悟られてしまったかとドキリとする。

幸い朱璃は眞白を追及することなく、『デモ、オイシ』と満足そうに、涙の結晶を食べ尽くした。

橙夏は、徐々に色づくかもしれないと言っていたけれど、朱璃の羽は今でも純白だ。

もしかして、眞白の涙の質がよくないせいで朱璃は白いままなのだろうか。

朱凰も、橙夏も、眞白のせいだとは言わないけれど……。

眞白としては、朱璃の羽毛が白だろうと朱色だろうと、いっそ黒でも構わない。どんな羽色であろうと、朱璃は朱璃であることに変わりはないし、可愛いと感じるだけだ。

でも……朱凰の守護鳥として相応しく成長しようと頑張る朱璃には、そんな慰めは気休めにもならないに違いない。

朱凰のためには、能力の属性を示すという色彩の羽が必要なのだ。きっと、卵の時に放っていた輝きと同じ……朱色の鮮やかなものが。

小さな朱璃を悩ませる原因が自分なのかもしれないと思えば、胸の痛みが更に強くなる。

この実の艶やかな紅を涙に移して、朱璃を染めることができればいいのに……。

朱璃の背中を指の腹でそっと撫でながら、心の中で「朱璃が悩まなくていいように」と祈った。

□　□　□

主である朱凰とゆっくり語り合うことのできる夜は、朱璃にとって楽しくて堪らない時間らしい。

『お庭の実、オイシかったデス！』

「へぇ……これまでは眞白の涙が一番だと言っていたが、好みの果実を見つけられたのか」

『ハイ！　赤クて甘イ』

寝椅子の肘《ひじ》掛け部分にとまった朱璃は、朱凰に向かって、一生懸命に今日一日の出来事を語っている。

その様子を、同じ寝椅子の隅に腰かけた眞白は、微笑《ほほえ》ましく見ていたけれど……月が昇るにつれて、身体の内側に熱が停滞しているかのような違和感を覚えていた。

気分が悪いわけではない。快か不快か、どちらとも言えない……奇妙な感覚だ。

膝のところで握った手に、力を込め……緩め、と密かに熱を逃がそうとしてみたけれど、徐々に頬が熱くなって来るのがわかる。

どうしたのだろう。眞白は丈夫なのが自慢で、こんなふうに身体が熱っぽくなることは、今までなかったのに？

『眞白、お話ししナイ』

朱璃にそう名前を呼びかけられて、ビクッと肩を揺らした。

しゃべるのは朱璃が中心で、朱凰がポツポツ相槌《あいづち》を打ち……眞白は聞き役に徹する。

それは普段と変わらないのに、いつも以上に口数が少ないことを不審に思われてしまったようだ。

「眞白、具合が悪いのか？」

朱璃の言葉を受けて、寝椅子の右側の肘掛けにとまっていた朱璃に顔を向けて話していた朱凰が、眞白のほうへと身体を捻る。

『眞白ッ、お腹痛イ？』

心配してくれたのかパタパタ飛んで来た朱璃が肩にとまり、表情を曇らせた朱凰に顔を覗き込まれて、慌てて首を左右に振った。

「いいえ、なんとも……ありません。大丈夫です」

「しかし、頬が上気している」

眞白は首を横に振ったのに、朱凰は硬い表情のままだ。頬の火照《ほて》りを指摘され、指先でそっと触れられた。

「ッ……！」

今のは、なんだった？　朱凰様の指が触れた途端、ピリッと……電気が流れた？

自分の身体になにが起こったのかわからず、眞白は目をしばたたかせて震える指先を見下ろす。

「やはり、様子がおかしいだろう。隠さずに言え」

『眞白、大変？　どうシタラ……』

「で、ですが……本当に、なにも。なんとも……ありません」

くれない。

朱凰と朱璃、気にしてくれている双方に向かって首を横に振ったけれど、どちらも納得して
朱凰はますます険しい顔になり、両手で眞白の頬を挟み込む。

「下手な嘘だな。朱璃さえ騙《だま》せていない」

「ぁ……ッ、朱凰様、お手を触れな……っ」

「ん？　やはり、少し熱いのではないか」

背中をゾクゾクと悪寒に似たものが這い上がり、戸惑いに視線を揺らす。険しかった朱凰の表情がほんの少し緩み、体温を確かめようとしてか、頬にあった手がスルリと首筋を撫で下ろした。

「ッ、ん！」

ソファに腰かけたまま、ビクッと身体を丸める。

なに？　なにが起きている？

朱凰の手に触れられたら、背筋を伸ばしていられない。身体が熱くて、心臓が……ものすごい速さでドキドキしている。

「眞白、なにか変わったものを口にしたか？　酒か、薬草か……木の実か」

『あ……オヤツ。赤いノ、食べタ！』

声を出せない眞白に代わり、朱璃が答えた。

赤いの……木の実。確かに、朱璃と一緒におやつを食べたけれど……あれから、半日近く経っている。

身体に起きている異変の原因があの実だったとしても、今になって、なにか影響が出るものなのだろうか。

「赤い実？」

「朱璃が、孵化してすぐ……、涙を流すために朱凰様からいただいた、乾燥した酸っぱい実とよく似た……生の果実です」

怪訝そうにつぶやいた朱凰に、なんとか答える。

どんどん身体の内側に熱が溜まるみたいだ。苦しい。動悸も、まったく治まる気配を見せない。

眞白が身体を丸めて動かなくなったせいか、肩にとまっている朱璃が、泣きそうな調子でおろおろと口にする。

『甘イ、オイシ……眞白モ、オイシと思ッタ』

「朱璃は、悪くな……」

朱璃のせいではないと、きちんと伝えたい。でも……声が震えてしまい、上手く言葉にできない。

朱璃と眞白のやり取りを無言で見ていた朱凰が、ふぅと大きく息をつくのがわかった。

「あー……だいたい、わかった。朱璃、おまえのせいではない。ただ、こうなれば……熱を逃がすことが必要だ」

『眞白、苦シ……？』

「平気……朱璃、心配しない、で」

『デモ……デモ』

朱璃は動揺を隠せないらしく、眞白の肩の上で、小刻みにそわそわと左右に動いている。

その朱璃に、朱凰が言い聞かせているのが聞こえてきた。

「朱璃。おまえは眞白の部屋で寝てろ。眞白は心配ない。ただ、治す方法は……秘密だ」

『ヒミツ。朱璃、ジャマ？』

「ああ。今は邪魔だな」

『……ワカッタ。朱凰様、信じル』

キッパリ邪魔だと返された朱璃は、落ち込んだ様子だったけれど……最後は納得したようだ。

眞白の頬にチョンと嘴の先でキスをして、バサッと肩から飛び立った。

バササ……と羽音が遠ざかり、言いつけられた通りに、続きの間である眞白の部屋に移動したのだとわかる。

「朱凰……さま」

朱凰には、この熱の理由がわかるのだろうか。治す方法も、知っている？　と期待を込めて隣を見上げる。

眞白と視線を合わせた朱凰は、目を細めて眞白をジッと見詰めた。

「おまえが食した実は、鳥たちにはただの甘い果実だが……人間が摂取すると、淫蕩《いんとう》な気分になる。乾燥させることで、変質するのだ。木に生っているものは食するなと、教えておけばよかったな」

「……淫……？」

朱凰の声は耳に入っているのに、その意味がきちんと捉えられない。

ただ、やはりあの赤い果実が異変の原因となっていることは、間違いないようだ。

「少し……触れるぞ」

「え……ぁ」

朱凰も眞白も、湯浴みを終えて就寝の準備を整え、簡素な寝間着を身に着けている。肩に手を置かれただけなのに、薄い布越しに朱凰の手のぬくもりが伝わって来て、ビクッと身体を震わせた。

触れる……という言葉通りに、腰ひもを解いて寝間着の前を開かれ、肩から滑り落ちた布が肌を撫でる。

胸元に朱凰の手が押し当てられて、素肌で感じる朱凰の体温に、ざわっと産毛が総毛立つのがわかった。

「あっ、ぁ……朱凰様の、お手……が、そんな……」

「俺に触れられるのは、嫌か？」

「違いま、す。朱凰様に、触れさせる……なん、て」

すらりと長く、なめらかに爪が整えられた……美しい指に自分の肌を触れさせるなど、畏れ多い。

そう恐縮して身を竦ませる眞白に、朱凰は機嫌を損ねたような低い声で言い返して来る。

「俺が尋ねているのは、嫌か、そうではないか。それだけだ。王子であることは忘れろ。朱凰という名の男に触れられて……眞白はどう感じている？」

胸元から脇腹にかけて、ゆっくりと素肌の上を滑る朱凰の手を意識するように促される。

王子であるということを、忘れろなどと言われても……不可能だ。でも、極力触れて来る手だけに思いを馳《は》せると……眞白の中にある感情は、一つだった。

「嫌なわけ、ありません。……朱凰様の手、心地よくて……怖い、です」

「怖いとは？」

「こんなふうに、身体が熱くなるの……初めて、で。どうなるのか、わからなく……って。でも、朱凰様の手は心地いい、から……触れてほしいと、はしたなく望んでしま……い」

怖いのは、自分がどうなるのかわからないから。でも、朱凰の手は気持ちよくて、このまま触っていてほしいと欲深く望んでしまう。

そんな矛盾した思いを、途切れ途切れになんとか伝える。

朱凰は拙《つたな》い眞白の言葉を汲み取ってくれたらしく、ほんのりとした微笑を浮かべて目を合わせてきた。

「嫌でなければ、俺の手に身を任せろ。いいか?」

「……はい」

紅茶色の綺麗な瞳に、自分だけが映っている。それが、不思議で……不敬だとわかっていながら、目を逸らせない。

「純潔が、抱卵役の条件だ。他人の肌を知らないことは、わかっているが……自分で触れたことは?」

「あっ、そ……んな、朱凰様っ」

朱凰の手が、脚のつけ根……とんでもないところに押しつけられて、ビクビクと肩を震わせた。

布越しとはいえ、朱凰の手が触れていい場所ではない。とんでもないことだ。

けれど、そんなふうに触れられて初めて、身の内で渦巻くどうにもならない熱の発生源がまさにそこなのだと悟り、戸惑う。

「ぁ、そのうち……自然と治まります、から。お手を、離してください」

朱凰の手を振り払うことなどできるはずもなく、眞白はただひたすら身を硬くして時間が過ぎてくれることを願う。

「それさえ教えなければならないか」

静かな朱凰の声から、なにを思っているのか読み解くのは困難だ。ただ、迷惑をかけていることだけは間違いない。

「申し訳ございません。ご面倒を……っ」

「誰が面倒だと言った？　なにも知らない眞白に、一から手解きするのは……悪くない。悦楽に戸惑うこの顔を知るのも、俺だけか」

言葉の終わりと同時に、ふっ……と、かすかに笑った気配がして薄く目を開いた。

恐る恐る朱凰の顔を見上げた眞白の目に、真っ直ぐこちらを見下ろしている朱凰が映る。

「あの実を食したのだから、放っておけばそのうち治まるほど容易《たやす》いものではない。少しでも早く、楽になったほうがいいだろう……？」

「ッ、ん……っ！」

朱凰の指が、寝間着の合わせ目から入ってきて……直接そこに触れてくる。

見ていられなくなった眞白は、ギュッと目を閉じて自分の口を両手で押さえた。

心臓が、ドキドキ激しく脈打っている。苦しい。苦しいのに……朱凰の手に触れられることで、身体の熱は更に上がっていく。

「っは……朱凰、様……」

「声を抑えるな。手を下ろせ」

片手は熱を帯びた屹立《きつりつ》に触れたまま、もう片方の手で口を覆っていた手首を掴まれる。

低く、「眞白」と呼ぶ朱凰の声が耳に流れ込んできて、固く閉じていた瞼を開いた。

……見られている。朱凰が……ジッと、眞白の反応を観察している。視線は痛いほど強く、どこか……艶っぽくて、鼓動が激しさを増す。

再び「手を離せ」と命じられ、のろのろと手を下ろす。その直後、予想もしていなかったことが起きた。

「どうしても唇を封じたいなら、俺が塞いでやる」

「……ァ」

やんわりと唇に触れているあたたかな感触は、朱凰の……唇。想定外の口づけに、目の前が真っ白に染まる。

ダメだと、頭の中では「畏れ多い」という言葉が渦巻いているのに、身動《みじろ》ぎ一つできない。

触れられる指も、唇も、朱凰から与えられるすべてが心地よくて……。

「ぁ……ぁ、ッ、ん……っっ」

屹立に絡みついた朱凰の指が複雑に動き、じわっと手の中で締めつけられた瞬間、閉じた瞼の裏側で細かな光が弾けた。

「っう……は、ぁ……ッは」

「おっと、落ちるぞ」

口づけが解かれると同時に、全身の力が抜けて寝椅子から崩れ落ちそうになる。眞白の身体を抱き留めてくれた朱凰が、縮こまる眞白の顔を上げさせた。

「泣くほどよかったか」

「わ……かりませ……ん」

一番近い言葉で表すのなら、衝撃だった。

でも、朱凰が白濁の伝う指を眞白に見せつけて、「快楽の証拠だ」と唇の端を吊り上げたので、全身に漂う余韻の正体は快楽なのだろう。

「朱凰様の、お手を……僕が汚し……って」

慌てて拭くものを探し、ぐしゃぐしゃになっている自分の寝間着の端で朱凰の手の汚れを拭う。

肩を震わせる眞白に、朱凰はクスリと笑って口を開いた。

「些細なことだ。気にする必要はない。それより……涙が」

「あ……」

まばたきをした弾みに、目尻に溜まっていた涙が雫となって零れ落ちた。ポロポロ、頬を転がった小さな結晶を朱凰が手のひらで受け止める。

「ここにも……なんだ、これは」

　今流したものの他に、寝間着に落ちていたらしい結晶を指先で摘まみ上げて……眉根を寄せた。

　その険しい表情を目にした眞白は、不安に震えそうになる声で尋ねる。

「あの……なにか、問題がありましたでしょうか？」

「これを見ろ」

「……え？」

　朱凰が手のひらに乗せた涙の結晶を見下ろし、目を瞠った。

　見慣れた涙の結晶とは、形や大きさは同じでも色が違う。透明の、キラキラ輝くものではなく……澄んだ紅色だ。

「赤い実を、食べた……から？」

　確かに赤い実を口にしながら、この色を涙に移すことができればいいのに、と願った。

　でも、だからといって叶うものなのだろうか。

　戸惑う眞白を見ていた朱凰は、乱れていた寝間着を簡単に整えて「朱璃！」と呼んだ。

「起きているなら、来い。朱璃」

　もう一度名前を呼びかけると、数秒の間を置いてバササッと羽音が聞こえて来る。

　退屈で、今まで眠っていたのかもしれない。眞白の膝に着地した朱璃は、寝惚《ねぼ》けた声で朱凰に答える。

『朱凰様、お呼びデス？』

「これを食べてみろ」

『……眞白ノ涙？　甘イ……！　スゴイ、甘イ！　オイシ！』

一粒啄んだ朱璃は、寝惚けていた意識が吹き飛んだような声で『甘イ！』と繰り返しながら、朱凰の手のひらに乗っていた結晶をすべて口にした。

『スゴイ、眞白！　力がイッパイ！』

「やはり、そうか。純粋な快楽による涙は、雑味がなく美味いのだろうな」

朱凰は感心したようにうなずいたけれど、その『純粋な快楽』をどのように得たのか思い出した眞白は、首から上を真っ赤に染めて絶句する。

どんな手段で零した涙か朱璃は知らないのに、後ろめたいような……申し訳ないような、複雑な気分だ。

『眞白、モウ、ダイジョブ？　治っタ？』

「あ……うん。朱凰様のおかげ……で」

無邪気に尋ねてきた朱璃に、しどろもどろに返した眞白の隣で、朱凰は……少し意地悪な笑みを浮かべている。

眞白がどんなふうに答えるのか、観察していたらしい。

「快楽の涙か。ふ……この手があったのだな」

なにやら納得したようにつぶやいた朱凰は、朱璃の頭のてっぺんで揺れる飾り毛を指先でつついた。

「この涙、また食べたいか？」

『食ベタイ、デス！』

元気よく答えた朱璃に、眞白は頭がクラクラするのを感じる。

朱璃に求められてしまえば、眞白は断れない……とわかっていて、答えさせたのでは。あんなふうに涙を流させたところで、朱凰には利するものなどなさそうなのに。

そう考えていると、朱凰と視線が絡んでしまった。

「眞白に聞いてみろ」

許可を出すかどうか、権限を委ねられてしまい……惑っているうちに、朱璃に尋ねられてしまう。

『眞白、イイ？　赤イ涙、朱璃にクレル？』

「……朱凰様がよろしければ」

『朱凰様、眞白？　ドッチ？』

どちらの許可を得ればいいものなのか、悩んでいるようだ。左右に首を捻っている朱璃に、朱凰はククッと笑った。

「朱璃のためなら、眞白は嫌とは言えないだろう」

事実なので、否定できない。

無言の眞白に、朱璃は朱凰の言葉を事実だと認識したらしい。

『ヤッタ！』

と、小さく跳ねて喜んでいるから……やはり、断ることはできない。

おずおずと目を向けた朱凰は、視線の合った眞白に小さく笑みを浮かべる。

一度は治まっていた心臓が、またトクンと大きく脈打って……どぎまぎと目を伏せた。

□　□　□

『眞白、朝！』

「う……ん」

朱璃が枕元に舞い降りて、起きるように促してくる。空腹なのかもしれない。

起きなければ……と思うのに、瞼が重い。頭の芯がズキズキと痛み、手足が思うように動かない。

ゆっくりと瞼を押し開き、窓から降り注ぐ陽の光を浴びた朱璃を目にした途端……寝惚けていた頭が、一気に覚醒した。

「えっ？　朱璃？」

斜めに差し込む朝陽による目の錯覚かと思ったけれど、まばたきをしてジッと見詰めても変わらない。

朱璃の羽の先端が……仄かに色づいている？　どうして？

言葉もなく凝視していると、部屋の境界部分から朱凰の声が聞こえて来た。

「眞白、ようやく目覚めたか」

「あ、朱凰様……っ」

勢いよくベッドに身体を起こそうとして、クラリと眩暈に襲われた。なす術もなくベッドに背中を戻すと、朱凰が大股で歩み寄って来る。

ベッド脇で足を止めて、眞白を見下ろし……首筋に指を触れさせた。

「……熱っぽいな。朱璃、橙夏を呼んで来い。その羽の色の理由も聞きたい」

『ハイ、朱凰様！』

朱凰に命じられた朱璃は、嬉々として返事をすると窓から飛んで行く。朱凰に役割を与えられることが、嬉しいのだろう。

「朱凰様……朱璃の、羽の色が」

「ああ、朝になって気がついた。羽の先が、ほんのりと朱色に染まっている」

うなずいた朱凰が、言い淀んだ眞白の言葉を継ぐ。やはりあれは、眞白の目の錯覚ではなかったようだ。

「どうして、ですか？」

降り注ぐ朝陽の眩《まぶ》しさに目を細めて尋ねると、手で眞白の目元に庇《ひさし》を作るように、額のあたりへと触れながら朱凰が答える。

「さぁ、俺もわからん。原因に思い当たるとしたら、たった一つ……」

朱凰の親指の腹が、眞白の目尻をそっと撫でた。

「……憶えているか？」

「は、い」

それは、朱凰に触れられたことか……見慣れない涙の結晶の色についてなのか。

朱凰がどれについて尋ねているのか、眞白には明確にわからないけれど、どちらにしても答えは同じだ。

小さく首を上下させた眞白に、朱凰は満足そうに微笑を滲ませて指先で前髪を弄《いじ》った。

「熱っぽいな。苦しいか？」

「いいえ、朱凰様のお手が……心地いいです」

朱凰の指先がひんやりと冷たく感じるのは、眞白の肌が熱を帯びているせいなのだろうか。

もし冷たくなくても、触れられるのは心地いいと思うはずだが。

瞼を閉じたところで、窓から複数の羽音が聞こえてきた。橙夏を伴った朱璃が、戻って来たのだろう。

『橙夏様、早ク！　眞白、大変！』

バサバサと羽音を立てて飛び込んで来た朱璃は、眞白の枕元に着地したのだろう。すぐ近くで『橙夏様ぁ』と呼ぶ声が聞こえる。

『そう急かすな。……朱凰。なにがあった？　朱璃の羽の色は、どういうことだ』

「……それを橙夏に聞こうと、朱璃を呼びにやったのだが」

朱凰の手が離れて行き、少しだけ瞼を開く。

朱凰の肩にとまった橙夏が、眞白を覗き込んで来るのが見えた。チラリと視線が合い、橙夏が首を捻る。

『ふむ……朱璃が言うには、眞白の涙が色づいていたと』

「ああ。あの実だ。おまえたちが、蠱惑《こわく》の実とか誘惑の実とか呼ぶ……赤い実。あれを朱璃と共に食したらしい。すると、夜になって……眞白が落とした涙が、仄かな紅色だった」

橙夏に語る朱凰の言葉は、眞白にとって居たたまれないものだ。否応もなく、昨夜の記憶がよみがえる。

……自分が朱凰になにをさせたのか、あの綺麗な指を汚してしまったことまで思い浮かび、ベッドに埋まってしまいたくなる。

朱凰の慈悲深い厚意に甘えて、痴態《ちたい》を晒《さら》し……与えられる悦楽に溺《おぼ》れた浅ましい自分が、恥ずかしい。

眞白の狼狽を知ってか知らでか、朱凰と橙夏は淡々と語っていた。

『実を？　食しただけか？』

「……眞白が身に帯びた熱を逃がすのに、俺が少しばかり手助けをした」

『ほほう……朱凰が、手助けを。他人が苦しんでいようと、無関係とばかりに素知らぬ顔をするかと思っていたが、眞白は特別か』

橙夏の声が、笑みを含み……どことなく嬉しそうなものになる。

反して、答えた朱凰の声は硬質な空気を纏う。

「余計なことは言わなくていい。それより、眞白は、大丈夫なのか？　あの実は、人の身体に害を及ぼすものではないだろうな」

『害はない。熱は逃がしたのだろう？　眞白には、余程の衝撃だったのだろうな。一時的に身体が驚いているだけだ。すぐによくなる』

橙夏の言葉に、朱凰が息をつく気配が伝わって来た。

眞白の頬に軽く触れ、「それならいい」と口にする。

「朱璃の羽の色が、ほんのり染まった理由は……？」

『孵化した時に真っ白だった羽が、後に彩りを帯びたという前例はない。確実なことは言えないが……眞白の涙が、類なきほど良質だったのだろう。一気に朱璃の成長が加速し、秘めていた色が浮かび出たのではないか？』

「なるほど。確かに……眞白の涙は、これまでになく美しかった。紅の実を、そのまま写したような輝きで……朱璃も、甘いと」

手のひらに受けた涙の結晶を思い起こしてか、静かに語る朱凰の言葉に、それまで無言でやり取りを聞いていた朱璃が短く答えた。

『ハイ、甘イ！　橙夏様も、驚ク！』

『実の影響だけでなく……眞白は、朱凰に深く心を寄せているのだろうな。よきことだ。朱璃の成長が、朱凰と眞白の結びつきを証明する』

朱凰に、心を寄せている。

眞白自身、自覚していなかった深層心理を橙夏に指摘されてしまい、ビクッと肩を強張らせた。

朱凰に惹《ひ》かれていることは、間違いない。初めて接見した時から、眩《まばゆ》いばかりの尊い存在なのだ。

なにもかも美しく……聡明で、朱璃には少し不器用に接するけれど、思いやり深いことを眞白も朱璃も知っている。

母親のことを語る際は、少し淋しげで……でも、高潔な瞳をしていた。

この敬愛が、朱凰の手に触れられることを望むような……邪念を含むものだなどと、考えたくない。

眞白が、突如突きつけられた自身の胸の内に戸惑っていると、朱凰が橙夏に予想していなかったことを尋ねた。

「同じ涙の結晶を与えれば、朱璃の成長が促進されて羽の色が更に色づくと？」

『確証はないが、試す価値はあろう。なんにしても、朱璃の成長には朱凰の関与が必要だ。守護鳥は、慈しむ主の思いに応える』

「……そうか」

朱凰が静かに答え、シン……と沈黙が落ちる。

目を薄く開いた眞白は、ぼんやりとした視界に朱凰を入れた。どんな表情で橙夏と語っていたのか、知るのは怖いけれど確かめずにいられない。

寝台に浅く腰かけて、眞白を見下ろす朱凰は……優しい目をしていた。

朱璃を思ってのその表情が、自分に向けられているものなのではないかと、おこがましく錯覚しそうなくらい……。

トクンと心臓が鼓動を速くして、慌ててギュッと瞼を閉じた。

瞼の震えは朱凰に知られてしまったかもしれないけれど、眞白には眠っているふりをする以外になかった。

胸の奥にいろんな思いが渦巻いて……どんな顔で朱凰と向き合えばいいのか、わからない。

『眞白は、遅くとも夕刻までには回復するであろう。もうよいか？』

「ああ……早朝に済まなかったな」

『朱璃、橙夏様ヲ見送りスル！』

頭の脇にいた朱璃がそう言うと、バサッと羽音が響いて頬に風が当たる。橙夏が羽ばたくものか、もう一つ羽音が聞こえて……二つの羽音が遠ざかる。

朱凰様は？　まだ、そこにいる？

静かな空気に耐えかねて、じわりと瞼を押し開いた。

すると、こちらを覗き込んだところだった朱凰と見事に視線が絡んでしまい、さすがに逃げられなくなる。

「具合は？　朝餉を運ばせるが……食べられそうか」

「大丈夫です。……お気遣いなく」

気遣ってくれる朱凰に、首を横に振って気にしないでほしいと訴える。そんな眞白に、朱凰はわずかに眉を顰めて吐息をついた。

「少しくらい甘えろ」

「そんな……もう、充分です。これ以上、朱凰様にお世話をかけるなど……」

眞白の答えに、朱凰はますます眉間の縦皺を深くした。不満を表すかのように、少し手荒に前髪を掻き乱してくる。

「朱璃の羽の色づき……。やはり、あの涙がよかったのだな」

「……そう、でしょうか」

「そうだと、橙夏も言っていただろう」

自信のなさが滲み出たつぶやきに機嫌を損ねたのか、朱凰は眞白の髪をクシャッと掴むようにして咎めてくる。

朱凰には眞白に触れる理由などない、と思っていた。

けれど、朱璃のための涙がこれまでにない上質なものになるという、思わぬ効果があったらしいのは幸いだ。

それとも賢明な朱凰は、昨夜の時点で『朱凰に触れられること』と『眞白の涙が質を上げること』の相関関係に気がついていたのかもしれない。

そう……思いついた途端、正解のような気がする。

……きっと、そうだ。でなければ、朱璃に『またアレを食べタイ』と求められたからといって、再び眞白に触れようなどと考えないだろう。

朱璃を育てるのに必要だから。少しでも早く、朱璃を成鳥にするために。

その思いは、朱凰も眞白も……同じだ。

「朝餉の用意が整えば、声をかける。もう少し休んでいろ」

「……はい」


目の上を大きな手で覆われて、瞼を閉じた。

触れていた手が離されて、寝台に腰かけていた朱凰が立ち上がるのがわかる。

休まなくてもいいから、朱凰様に傍にいてほしいな……と過ぎた願いが頭に浮かび、うっかり口走らないように奥歯を噛んだ。

《八》

朱璃の成育に、眞白の……『抱卵役』の涙が必要なのは、およそ三ヵ月だと聞いた。成鳥へと近づくにつれ、庭園で自ら糧を調達できるようになる。

半年も経つ頃には、守護鳥の孵化時に眞白が口にした殻の効果が消えるそうだ。『抱卵役』の涙は結晶することがなくなり、その役目を完全に終える。

つまり、朱璃にとって眞白は不要になる。同時に、朱凰の傍にいる理由もなくなるということになる。

ずっと、朱璃と……朱凰の傍にいられるような錯覚をしてはいけないと自分に言い聞かせて、際限なく朱凰へ傾きそうな想いを堰《せ》き止める。

「眞白」

朱凰が、どこか熱を孕《はら》んでいると感じる声で名前を呼ぶから……ますます眞白の惑いは深くなる。

違う。心を通い合わせた相愛の人たちが、触れ合う行為と同じではない。

何度も自分に言い聞かせて……朱凰の指に高められる熱に理性を融かされないよう、必死で抗《あらが》う。

「声を殺すな」

面白くなさそうに命じられても、従うことができない。

強情な眞白に、朱凰が表情を険しいものにしているとわかっているのに……緩く頭を左右に振ってしまう。

「意地っ張りだな。……虐めて泣かせたくなるから、困る」

ふっと息をついた朱凰が、眞白に触れていた指に力を加える。

虐めるという言葉通り、強く触れられると少し痛くて……でも、それが朱凰の指だというだけで、眞白の身体は快楽へと変換させてしまう。

貪欲に悦楽を求める自分が怖い。この手が朱凰のものでさえなければ、こんなふうにならないのに……。

「ぁ……朱凰、様。ッ……ん、ん……ぅ」

「抑制するな。ほら……溢《あふ》れて、ここまで伝っている」

長い指を、スルリと更に奥まった窪《くぼ》みへと滑り込まされる。

心地よさのあまり全身が痺れたようになっていて、どこにどう触れられているのかわからない。

ただ、端整な顔を寄せてきた朱凰が耳元で「ここも、いいだろう?」と囁《ささや》くから、コクコクと小刻みに首を上下させた。

「も……朱凰、様。ぁ……っ、ぅ」

「おまえの涙は美しいな。……もっと泣かせてやりたいが、そろそろ解放してやろう」

「ッ……ぁ！」

軽く耳朶《じだ》に歯を立てながら、屹立に絡みつく指に力を込められた。

ざわりと悪寒に似た震えが背筋を這《は》い上がり、ビクビクと身体を震わせる。

「ふっ、は……っ……ッ」

放心状態になってしまいそうな自分を、唇を噛むことで押しとどめる。

解き放たれたと、気を抜いてはいけない。……心が溺れ切らないように、言葉が溢れないように、必死で感情と声を抑え込まなければならない。

そんな眞白の自制は、間近で顔を覗き込んでいる朱凰には伝わってしまっているようだ。

「眞白。おまえは、まだ……完全に、俺に心身を委ねようとしないのだな」

苦い口調でそんなふうに言われて、涙の雫が付着した睫毛《まつげ》を震わせる。振動で小さな結晶が零れ落ち、寝椅子の座面に散らばったそれを朱凰が拾い集めた。なんとも答えられない眞白を見下ろすと、仕方なさそうに吐息をついて目を逸らした。

「朱璃に与えて来る」

「は……い」

朱凰が立ち上がり、続きの間へと姿を消す。重く感じる身体を起こした眞白は、乱れていた寝間着を整えて寝椅子に座り直した。

「完全に、朱凰様に委ねたりしてしまえば……」

際限なく、朱凰に甘えてしまいそうだ。そして、離れなければならない時に「嫌だ。お傍にいたい」などと無様に縋《すが》りついて、困らせてしまうかもしれない。

朱璃が成鳥となるまでの、分不相応な立場なのだと……忘れてはいけない。

ふと視線を落とした足元に、仄かな紅色に輝く小さな結晶が転がっていることに気づいて、指先で摘まみ上げる。

「小さい、よね」

いつからか、涙の結晶が小振りになっている。朱璃が孵化してすぐの頃は、これの二倍……いや、三倍くらいのサイズだったはずだ。

あの赤い実を眞白が食べて、朱凰に手助けしてもらって紅色に輝く涙を零す。

それは変わらないのに、こんなふうに結晶が小さくなる理由はなんだろう？

「もしかして……」

朱璃にとって、不要になる日が近づいているのではないかと思い浮かび、結晶を挟む指にギュッと力を込めた。

朱凰も、日々目にしている結晶の変化に気がついていないわけがない。でも、眞白にはなにも言わず……朱璃も、触れようとしない。

いつまで、小さいながらでも結晶を保っていられるのだろう。ある日突然、ただの涙となってしまったら？

考えるだけで、底なし沼に沈んで行くような恐怖が込み上げてくる。

眞白が役目を終えてしまえば、朱凰とも朱璃とも接点はゼロになる。

もともと眞白は貴族ではないのだから、直接言葉を交わすことはもちろん、王宮に近づくことさえ困難になるだろう。

「朱璃とも逢えない、朱凰様のお姿を目にすることさえできなくなる……？」

現状が、眞白にはすぎた待遇なのだ。

たまたま朱璃の抱卵役に選んでもらい、孵化してくれたことで生育に携わることができ……朱凰の傍に置いてもらえた。

朱璃が成鳥となるまでの役目なのだと、最初からわかっていたのに……。

「せめて、朱璃を……朱凰様のお姿を目にすることができるような、王宮の雑務をさせてもらえないかな」

朱璃にとって自分が必要ではなくなった後、どうにかして王宮での仕事に就けないかと思いを巡らせる。

時々、視界に捉えるだけでいい。朱凰と朱璃が元気でいると、チラリと目にすることができれば満足だ。

　王宮に仕えたいと、相談するとしたら……。

「橙夏さん、か……紫梟様？」

　心強い指南役と、「困ったことがあれば、なんでも言っておいで」と笑いかけてくれた、朱凰の友人である頼もしい騎士が思い浮かんだ。

　厚かましい願いだということは、重々承知している。

　貴族でもなければ特別な技能もない自分が、王宮で働きたいなどと申し出ること自体、思い上がりすぎて滑稽かもしれない。

　それでも、万が一の可能性に縋りたい。

「眞白。朱璃が『今日もオイシ！』とか喜んでいたぞ」

　朱璃に涙の結晶を与えて来たと言いながら、朱凰が戻って来る。

　思考の波に漂っていた眞白は、ハッと現実に立ち戻って座り込んでいた寝椅子から立ち上がった。

「あ……そ、れでしたら幸い、です。熱も引きましたので、あちらに戻ります。……今宵もお手助けを、ありがとうございました」

　朱凰の前に立った眞白は、視線を合わせることはできず……薄い寝間着の襟元に施されている刺繍を見詰めながら、なんとか口にする。

小さく頭を下げて朱凰の脇を通り抜けようとしたところで、不意に二の腕を掴まれた。

「待て、眞白」

「は……ぃ」

スッと背中を屈めた朱凰が、眞白の目元に唇を寄せて来る。視界いっぱいに蜂蜜色の髪が映り、全身を硬直させた。

「……睫毛に引っかかって、小さな粒が残っていた。ん……味があるものではないな。朱璃とは、やはり味覚が異なるのか」

眞白の睫毛をペロリと舐めた朱凰が、そこに残っていたという涙の粒を、食べ……た？

ギョッとした眞白は、慌てて朱凰の肩に縋って端整な顔を見上げる。

「す、朱凰様っ！　そのようなものをお口になさって……体調を崩されたら大変です！　吐き出してください！」

「もう飲んだ。なんともないぞ。……ふっ、眞白でもそんなふうに声を上げるのだな」

眞白の慌てようがおかしかったのか、朱凰が唇に微笑を滲ませる。

その台詞で、自分がとんでもなく不躾《ぶしつけ》なことをしていると気がついて、縋りついていた朱凰の肩から手を離した。

「あ……失礼なこと、を」

「なにが失礼だ。おまえは、俺の身体を心配して気遣っただけだろう。悪い気分ではない」

スルリと頬を撫でられ、首を竦ませる。

朱凰は優しいからそんなふうに言ってくれるけれど、不敬には違いない。

「夜も更けて参りました。お休みになってください」

うつむいて、足元に視線を落としたまま早口で告げる。ぎこちなく足を踏み出した眞白を、朱凰が「眞白」と短く呼び止めた。

「……今夜こそ、俺の褥《しとね》に入らないか？　眞白を腕に抱いて眠れば、きっといい夢が見られる」

「また、そのようなご冗談を……お許しください。橙夏さんに、分を弁《わきま》えるよう叱られてしまいます」

幾度となく繰り返した会話だ。

朱凰はほんの戯《たわむ》れのつもりかもしれないけれど、眞白にとっては、想像するだけで息が詰まりそうな……つらく、甘く、泣きたいくらい幸せな時間だ。

なによりそんな空間で、眠れるわけがない。

「残念だな。気が向けば、いつでも閨《ねや》に来い」

「……失礼します」

深く頭を下げて、大きく足を踏み出す。今度は、呼び止める声も引き留める手もなく、速足で続きの間に移動することができた。

寝台脇に置いてある鳥籠の台にとまっている朱璃が、パタタ……と飛んで来て眞白の肩に着地する。

『眞白ッ、朱凰様と、オヤスミナサイのご挨拶、終わっタ？』

「うん。朱璃にも、……お休みなさい」

尖《とが》った嘴を、指先でちょんとつついて挨拶をする。小さな黄色だった嘴は、今では硬く鋭い立派なものになっている。頭のてっぺんで揺れる飾り毛も、いつの間にか鮮やかな朱色に染まっていた。

『オヤスミ、眞白』

お返しに眞白の頬に頭をすり寄せた朱璃が、肩から飛び立って鳥籠台に戻った。金色の籠の中に入るのかと思えば、そのまま台の上部にとまって瞼を閉じる。

もう一度心の中で「お休み」と伝えた眞白は、窓際に置かれている寝台に膝を乗り上げて、身体を横たえ……細く息をついた。

朱凰と、朱璃と……こうして過ごす日々はあたたかく、幸せだと思う。

でも、きっと終わりは近づいている。

「魔法が使えたら……な」

野遊びに夢中になっていた弟たちに帰宅を促した際、彼らが「魔法で時間を止めてしまいたい」と言っていたことを思い出した。

確かあの時の眞白は、弟たちに「終わりがあるから、楽しいんだよ。それに、また明日……って考えたら、眠るのも朝が来るのも楽しみだね」と説いて、帰宅させたのだ。

今の自分は、終わりがあるから楽しい、幸せなのだと……笑えない。そしてこの時間は、終わってしまえば『また』はないのだ。

弟たちを窘《たしな》めたくせに、今すぐ時を止める呪文があれば、眞白は躊躇《ちゅうちょ》することなく口にするだろう。

どれほど禁忌《きんき》だとしても、自らの欲望のため……。

ベッドで寝返りを打った際の衣擦れが、やけに大きく聞こえる。

直後、

『眞白？　マホウ？』

朱璃が、寝呆けた声で眞白の名を呼んだ。

身体を震わせた眞白は、慌てて答える。

「っ……ごめん、朱璃。独り言。気にせずに眠って」

『ン……』

ギュッと身を丸めた眞白は、朱璃の眠りを妨げてしまわないように枕を抱き込んで目を閉じた。

明らかに小粒になった、眞白の涙の結晶を目にした朱凰と朱璃が、どう思っているのかは……聞けない。

彼らは成鳥となることを喜ぶのみで、眞白だけが感傷に浸っているのかもしれないと……そう思えば怖くて、いっそ気づいていなければいいのにと願った。

□　□　□

朱璃の食事のために出向いていた庭園から、朱凰の住まいである離宮に戻る途中、見覚えのある長身がこちらに向かって来ていることに気がついた。

眞白が歩みを緩ませると、速足で近づいて来て正面で足を止める。

「おや、本当だ。朱璃の羽が美しい朱色に染まっている」

『美シ？』

眞白の肩にとまっている朱璃は、紫梟の言葉を復唱して首を傾げた。紫梟はクスリと笑い、朱璃に向かって話しかける。

「うん。キレイだよ。背中のあたりには、まだ白い部分も残っているが……羽の先や頭の飾り毛は、見事な朱色だな。朱凰からそれとなく聞いてはいたが、なるほど」

「……朱凰様がお話しに？」

どこまで、紫梟に語っているのだろう。まさか、朱璃の羽を染めた要因である眞白の涙が紅くなったことの理由や、その涙を零れさせるための手段までは……言っていないと思うけれど、笑顔の紫梟からは読み取れない。

おずおずと聞き返した眞白に、紫梟は微笑を苦笑に変えて口を開いた。

「朱凰様は、詳しく語ってくれないいんだけどね。もともと口数が多いほうではないけれど、眞白や朱璃に関しては殊更《ことさら》、口が堅い。誘導尋問も、悉《ことごと》く黙殺される。心が狭い……というか、独占欲を隠そうともしない」

「そんな……朱璃は、大切な守護鳥なのでわかりますが……僕は、語るほどのことがないだけでは……と」

戸惑った眞白は、自分に関して朱凰が独占欲など持つはずがないだろうと、視線を泳がせる。

紫梟は、「伝わっていないとは不憫《ふびん》な」と笑い、その言葉の意味するところがわからない眞白の戸惑いは増すばかりだ。

「一途で健気なことだ。これでは、勝手をしたら朱凰の機嫌を損ねるとわかっていても……つい手を差し伸べてしまいたくなる。なにか困ったことや相談事があれば、遠慮なくどうぞ？

一応、朱凰……様とは、二十三年のつき合いだからな」

「あ、紫梟様……」

相談事、という言葉につい反応してしまった。が、直後に口を噤む。

紫梟が申し出てくれたのは、『朱凰様に関して』だ。眞白の就職相談など、お門違いというものだろう。

「うん？　なにかあるのかな？　是非、聞かせてほしいね。眞白のような可愛い子から頼られるのは、光栄だ」

冗談めかしてそう言いつつ、眞白を見下ろす紫梟の目は真剣で……口先だけでなく、心から気にかけてくれているのだと伝わって来る。

朱凰も、紫梟も、眞白のような本来なら心を砕く必要のない存在を気遣ってくれて、ありがたいのと申し訳ないのと……様々な感情が入り交じり、上手く言葉が出て来ない。

それでも紫梟は、根気強く眞白が言い出すのを待ってくれている。

真摯《しんし》な眼差しに勇気を得て、ポツリポツリと口を開いた。

「紫梟様に、相談することではないと……わかっていますから、聞き流してください。僕は、朱璃の抱卵役を終えれば、王宮を追放されるのだと覚悟しています。もちろんそれは、初めから承知していました。でも……もし、万が一僕でもできる雑務があるようでしたら、王宮のどこかで働かせていただきたいのです」

徐々に声が小さくなり、最後のほうは消え入りそうなものになってしまった。

分不相応な願いだと、さすがの紫梟も呆れているかもしれない。思い切って口にしてしまったけれど、恥ずかしくて顔を上げられない。

「それは……俺の一存では、なんとも……だな。朱凰様は、どのように？」

いつも明朗な紫梟の、迷うような口調は珍しい。困らせていることが感じられ、身を小さくして「申し訳ございません」と口にした。

「僕の勝手な願いです。朱凰様は、なにもご存じありません」

「ああそれは、尚更答えられないな。朱凰……様は、普段はクールぶっているが、心底怒ると根に持つタイプなんだ。後々なにかと面倒になる」

ふふ……と笑った紫梟は、眞白の髪をそっと撫でた。驚いて顔を上げると、目が合った眞白に「大丈夫だよ」と告げる。

ついでのように、眞白の肩に乗っている朱璃の頭を指先で撫で……笑みを深くした。

そういえば、普段はおしゃべりな朱璃が黙り込んでいると気がつく。朱璃のいないところで、相談するべきだったかと後悔した。

「朱璃も、そんなに不安そうな顔をしなくていい。眞白と朱凰は、残念なことに本人たちに自覚がないだけで、互いに……」

そこまで口にしたところで、眞白の背中越しに朱凰の声が飛んで来た。

「紫梟！　なにをしている。眞白！」

「ああほら、怖い顔で睨んでいる。眞白の髪に触れたところを、見られたかな」

クスクス笑った紫梟が、眞白から一歩足を引いて距離を取る。背後を確かめる間もなく、朱凰が眞白と紫梟のあいだに割って入って来た。

「紫梟。眞白になんの用だ。俺を通さないか」

「はいはい、申し訳ございません。……怖い顔で独占欲を剥き出しにするくらいなら、眞白を不安にさせるな。抱卵役としての役目を終えれば、宮殿から追放されると……再就職について、相談されたぞ」

微塵も躊躇することなく、スルリと口にした紫梟にギョッとして目を瞠った。

朱凰も、驚いた様子で眞白を振り向いて問い質して来る。

「……なんだと。眞白、事実か？」

「それは……っ、紫梟様……」

どうして朱凰に言ってしまうのだと、泣きたい思いで紫梟に目を向ける。確かに、朱凰に言わないでくれと口止めはしなかったけれど……。

誰も口を開かない。

互いの出方を窺うような、ピンと張りつめた空気が流れ、朱凰が再び低く「眞白」と名前を呼ぶ。

怒気を含む呼びかけに答えたのは、肩に乗っている朱璃だった。

『アッ、アノ……怖イ顔、ミンナ怒らナイデ』

「朱璃は黙ってろ。眞白に尋ねている」

朱璃を睨みつけて凄む朱凰に、もうなにも言えなくなってしまったようだ。眞白の耳の傍で、小さく「ピィ」と鳴いて口を閉じた。

「朱凰様、そんなに追い詰めるな……いでください。眞白が、我欲も露《あら》わに自己主張できない性格だということは、知っているでしょうに」

宥《なだ》めようとしてか、遠慮がちにそう話しかけて来た紫梟を振り向いた朱凰は、硬い声で言い返す。

「おまえもだ、紫梟。眞白と俺のことには、無関係だろう」

「……そうですネ。退散しますか」

両手を胸元まで持ち上げて「降参」を示した紫梟は、小さく息をついて眞白をチラリと見遣った。

目が合いそうになったところで、朱凰の背中が眞白の視界を遮る。

「あー……意地悪なことをして、眞白を泣かせるなよ朱凰様」

「余計なお世話だ」

もうなにも言い返すことなく、紫梟が身体の向きを変えて去って行く。

遠ざかって行く背中が朱凰の肩越しに見え、相談を持ちかけたことのお礼をきちんと言えなかった……と唇を噛んだ。

「眞白。宮殿に戻るぞ」

「……はい」

険しい表情の朱凰にグッと手首を掴まれた眞白は、コクンと首を上下させることしかできなかった。


朱凰は、宮殿に戻ってからずっと……夕餉の最中も、恒例となっている就寝前の朱璃による『一日の報告』の際も、黙りこくっている。

『朱凰様……眞白、怒っタ？』

「…………」

無言で睨みつけられたのか、朱璃はそれきり言葉を発しなくなってしまう。

寝椅子の端に腰かけた眞白は、身を竦ませて居心地の悪さに耐えた。

朱凰が機嫌を降下させている原因が自分にあることは、わかっている。ただ、その理由はハッキリしない。

紫梟に、勝手に相談したことが悪かった？

騎士長として多忙な紫梟に、眞白の身の振り方を相談するなどと、余計な手間をかけさせたことで不機嫌になっているのかもしれない。

ひとまず謝罪を……と、この場を取り繕うだけの浅はかな行為は、きっと朱凰の神経を逆撫でするだけだ。

それに眞白は、朱凰の真意がわからないのに自分の気持ちを軽くするための謝罪など、したくない。

「朱璃が成鳥になり……役目を終えれば、俺と朱璃の傍から早々に離れたいのか」

長い沈黙を破った朱凰は、感情の窺えない淡々とした声でそう尋ねて来る。投げかけられた台詞に驚いた眞白は、大きく首を左右に振って否定した。

「違います。そうではありません。王宮での職を望むなど、大それたことを考えているとはわかっていますが……」

「俺ではなく、紫梟に相談を持ちかけた理由は？　それほど頼りないか」

「朱凰様が頼りないだなんて、そんな……」

「でも、俺には、言いたくなかったのだろう」

それも、違う。

朱凰には言いたくないのではなく……言えないのだ。

朱璃のためという役目を終えても、できる限り近くにいたいという浅ましい下心が見透かされそうで、怖くて……。

こんなことを聞かせてしまえば、疎ましがられるかもしれない。

あとどれくらい残されているかわからないけれど、せめて役目を終える時までは朱璃と朱凰の傍にいたい。

でも、「煩わしい。もう不要だ」という朱凰の一言でそれもできなくなるかもしれないと思えば、なにも言えなくなってしまう。

重い沈黙を破ったのは、それまで無言で自分たちのやり取りを眺めていた朱璃だった。

『す、朱凰様、眞白ッ。アノ……朱璃、眞白の涙ガ食ベタイ。ダカラ……』

「どうする？　朱璃がそう望んでいるが？」

尋ねて来た朱凰の声は硬いままで、眞白はぎこちなく首を横に振った。

「あ……朱凰様のお手を煩わせることは、ありません。朱璃、少し待ってくれれば涙……あげるから」

『デモ、アノネ、涙……赤イの』

「大丈夫。朱璃の好きな涙を食べさせてあげる」

きっと、朱凰の手を借りなくてもなんとかできるはずだ。あの赤い実は枝ごと花瓶に挿してあるし、涙は……以前、紫梟から貰った精油をどこかに仕舞ってあるだろうから、それを探せば簡単に涙を流せる。

そう思って朱璃に答えると、長椅子に腰かけていた朱凰がスッと立ち上がった。

「そこでも、俺は頼りにならないか。……疲れた。休む」

「は、はい。では、失礼します。……朱凰様が、頼りにならないなどと考えたことは一度もありません」

どうしても言っておかなければ、と思った一言をつけ足す。

背中を向けている朱凰の返事はなくて、眞白は寝椅子から腰を上げると、のろのろと続きの間に下がった。

ベッドの端へ腰かけた眞白の肩に、飛んで来た朱璃がとまる。

『眞白、朱璃ネ……涙が食ベタイのも、ホント。デモ、眞白と朱凰様ガ、仲ヨシしたら、イイと……思ッタ』

どうやら先ほどの求めは、朱璃なりに気まずい空気を解消しようと考えての発言だったらしい。

小さな朱璃に気を回させてしまったことに、ますます自分が情けなくなる。

『逆効果ダッタ……』

項垂れた朱璃の飾り毛が、ふわふわと揺れる。ガックリと落ち込む朱璃が可愛そうで、眞白は指の腹で艶やかな朱色の羽をそっと撫でた。

「ごめんね、朱璃。僕が悪いんだ」

朱璃の羽には、もうほとんど白い部分が残っていない。朱色に染まり、守護鳥としての独り立ちが近づいていることを示している。

きっと間もなく、眞白は必要とされなくなる。今も、眞白の涙などなくても花や木の実から充分な栄養を得られているのだ。

朱凰と、ギクシャクしたまま離れるのは嫌だな……と思うけれど、どちらにしても朱凰との接点などなくなるのだから、関係改善を願うのは眞白の我《わ》が儘《まま》ではないだろうか。

でもやっぱり、少し不器用な……朱凰の笑顔を見たい。ここを去るまでに、一つでも多く、目に焼きつけておきたい。

『眞白。……いなくナル？　逢えナイ？』

紫梟や朱凰との会話を聞いていた朱璃は、近いうちに眞白が傍からいなくなることを悟ったようだ。

心細そうに淋しげな声で尋ねられても、否定はできず……返す言葉を探す。

「そうだね……朱璃が飛んで来てくれたら、逢えるかな」

眞白から逢いに行くことはできなくても、翼を持つ朱璃が飛んで来てくれるのなら、咎められないかもしれない。

そんなズルい考えが浮かび、朱璃に告げると……バサッと大きく羽ばたいて答えた。

『朱璃、飛べル！　ズット、どこデモ……眞白ニ逢エル！』

「うん。ありがとう」

頼もしい言葉に微笑を浮かべると、鮮やかな朱色の羽を手のひらで撫でた。

朱璃とは、ここを去った後でも逢えるかもしれない。けれど朱凰様は……飛んで逢いに来てはくれないだろうな、と。

目を閉じて、嫌われてしまったかもしれない朱凰のことを思い浮かべた。

《九》

「今日も、いいお天気だな」

朝陽を浴びながら、大きく窓を開け放つ。

このところずっと鬱々《うつうつ》とした気分の眞白とは裏腹に、空は青く澄み渡っている。

爽やかな朝の空気を身体いっぱいに取り入れたくて、深呼吸のために両手を頭上へ伸ばした……のはいいが、窓枠に勢いよく肘をぶつけてしまった。

「っ！　……痛ぁ」

鈍くさいことをしてしまった。肘から指先にまでジンジンと痺れるような痛みが走り、じわりと涙が滲む。

まばたきをした弾みに涙が目尻から零れて、頬を伝い落ち……た。

「え？」

なんだろう。違和感がある。

ドクンと、心臓が大きく鼓動を打った。ドクドク……脈動を速めて、猛スピードで血液が巡っている。

「まさ……か」

右手のひらで頬を擦った眞白は、ぼんやりつぶやいた「まさか」が現実であると思い知らされる。

零れ落ちた涙の跡を拭った手のひらは、キラリと朝陽を反射した。そうして、濡れていることを眞白に突きつけて来る。

「涙……が」

最後まで言葉にすることはできなくて、グッと唇を噛む。

涙が、結晶していないのだ。ただの、涙の雫となって頬を伝った。

呆然と立ち竦んでいた眞白の肩に、背後から近づいて来た羽音の主が着地する。寝間着の薄い布越しに爪を食い込ませた朱璃は、普段と変わらない調子で話しかけて来た。

『眞白、朝ゴハン！』

朱璃の声にビクリと身体を震わせた眞白は、濡れた手のひらをさりげなく寝間着で拭って隠した。

気づかれていない……はず。

「う、うん。ごはん。あっ、おはよ……朱璃」

動揺を誤魔化すために、なにか……そうだ、朝の挨拶をしておこうと、肩に乗っている朱璃の嘴を指先でツンとつつく。

頭を揺らした朱璃は、『オハヨ！』と元気よく答えて眞白の肩から飛び上がった。

『朱凰様、待ッ！　露台』

「ん……すぐに、着替えて行くから」

ぼんやりしている場合ではない。朱凰を待たせるなど、言語道断だ。

開け放していた窓を閉めた眞白は、トクトクと鼓動を速めたままの心臓を寝間着の上から押さえた。

大丈夫。朱璃は、気づいていなかった。下手な誤魔化し方だったと自分でも思うが、なんとかなったはずだ。

涙が結晶しなくなったと……知られてしまったら、朱凰の離宮にいられない。

隠すのは卑怯《ひきょう》だとわかっているけれど、ここから出て行かなければならない「その時」を一日でも、たった半日でもいいから先延ばししたくて、唇を引き結んだ。

□□□

眞白の涙が結晶化しなくなり、もう三日が経つ。朱璃にも朱凰にも、いつまで隠すことができるかわからない。

毎日、朝から晩まで緊張状態が続き、一日が終わる頃には気力を使い果たすことになる。

朱凰とは、朱璃の『抱卵役』を終えてからの身の振り方を紫梟に相談したことをきっかけに、すれ違ったままだ。あれから十日も経つのに、ほとんど会話もなく目を合わせることさえ数えるほどしかない。

当然、朱璃に涙の結晶を与えるための『手伝い』をすることもない……のは、今の眞白にとって幸いだった。

ただ、眞白の涙が結晶しなくなったと知られてしまえば、この冷え切った状態で朱凰と朱璃に「さよなら」を告げて王宮を出ることになるのか……と。

そう考えれば、いつまでも朱凰から逃げ回っていてはダメだとも思う。

朱凰に嫌われてしまったのだとしても、直接顔を合わせることができなくなる前に伝えたい想いがある。

分を弁えないおこがましい願いであり、自己満足だとわかっているけれど、せめて朱凰に知っていてほしかった。

守護である朱璃が成鳥となったのだから、王都を出て望むまま好きにしていいのだと……誰よりも恋しく思い、幸せであることを願う人間がいることを。

「朱璃はもう、朱凰様をしっかり御護りできるはずだから……」

眞白の涙が結晶しなくなったことが、朱璃の成長の証だ。

あとは……このことを、どのタイミングで朱凰と朱璃に告げるか、眞白が決心しなければならない。

眞白の心を写したかのように、今日は朝から分厚い雲が太陽を隠している。時おり遠くから、ゴロゴロと不穏な雷の音が聞こえて来た。

「雨が……降るかな」

雨が降ると、羽が濡れるのを嫌う朱璃は庭園で食事を摂ることができなくなる。

橙夏のところに行っている朱璃は、まだ帰って来そうにないし……雨の前に、朱璃の好む花や木の実をいくつか採集しておいたほうがいいかもしれない。

そう思って自室の窓から庭に出たところで、ポツリと大粒の雨が頬に落ちて来た。

これくらいなら、まだ大丈夫。本格的な雨が降り出す前に、走って往復しよう。

「よしっ」

眞白は身体の脇で拳を握って気合を入れると、庭園に向かって走り出す。

眞白の駆け足は、決して速いとは言えない。でも、朱璃が木の実を食べられなくてお腹を空かせたら可哀想だ。

木の実の代わりに、眞白の涙を食べてもらうことは、もうできないのだから……。

ぽつりぽつりと、空から落ちる大粒の雨のあいだを縫うようにして奥の庭園に辿り着く。眞白は大急ぎで朱璃の好きな花を摘んで、もぎ取った木の実を上着の裾に包む。

一つ、二つ……もう少し。

そう欲張ったせいで、収穫を終えて離宮に帰り着く頃には、ザー……と音を立てて冷たい雨が降りしきっていた。

急いだところでもう大して変わらないかと思いつつ、宮殿に駆け込んで入り口部分をくぐった。直後、朱凰が顔を覗かせる。

「眞白っ。びしょ濡れではないか。どこでなにをしていたんだ！」

「あっ……朱凰様、お帰りで……」

こんなに早く、王宮から戻って来ていると思わなかった。

朱凰は、週に何度か王太子である兄王子の執務を補助しているのだが、たいてい夕刻にならなければここに帰らないのだ。

全身が雨に濡れ、水の滴るみっともない姿で朱凰の前に立つことの無礼さに、恐縮して頭を下げる。

「見苦しい格好で、申し訳ございません。雨の前に、朱璃の食べる木の実を摘んでおこうと思いまして……」

「雨の前？　少し前から本格的に降っているだろう」

「……はい」

そんなことはない、と返せない状況だ。予定では、本降りになる前に戻っているはずだったのだとも、この惨状では言えない。

言葉を失くした眞白がうつむいて身を小さくしていると、朱凰が大きなため息をついた。

「ひとまず着替えろ。冷たい雨だ。濡れた服を着ていたのでは、体調を崩す。朱璃も、もう戻るだろう」

「承知いたしました」

朱凰に頭を下げた眞白は、早足で自室に入る。

床の敷物を濡らさないように、石の床の上で着ている服を脱ぎ捨てた。

「朱凰様……と、普通にお話しでき、た？」

ふと、先ほどの会話を思い浮かべて手の動きを止める。

びしょ濡れの眞白に驚いたせいか、朱凰の纏う空気がぎこちなくなる前のものに近かったような気がする。

躊躇うことなく「眞白」と呼び、濡れた服を着ていたら体調を崩すと気遣ってくれた。

「やっぱり、優しい……な」

乾いた布で水の滴る髪を拭いた眞白は、新しい服に袖を通して濡れたものを衣装掛けに引っかける。

気まぐれでも、話しかけてくれれば嬉しい。

眞白と呼ばれることは、あと何回あるのだろうと思えば、大切に記憶の箱へ仕舞っておかなければと思う。

「着替えたか、眞白」

「……はい」

「では、こちらへ。朱璃が、橙夏のところから戻って来た」

部屋の境から顔を覗かせた朱凰に呼ばれた眞白は、いつになく硬い声だったのでは……と違和感に気づいて表情を曇らせる。

なにか、あったのだろうか。

朱凰の帰りがこんなに早いことも、朱璃が橙夏のところから戻って来たと……改まった様子で眞白を呼ぶことも、これまでなかった。

胸の奥が奇妙にざわつくのを感じながら、急ぎ足で朱凰の部屋へと向かった。


寝椅子に並んで座り、朱璃は肘掛けで羽を休める。

この位置から目にする朱凰の横顔は見慣れたものなのに、漂う空気がいつになく重い。

「……このままでは、農地だけでなく王都まで大きな被害を受けることになる。東の村では、既に農作物が壊滅的な状態になっているらしい」

「そんな……」

王宮での緊急会議で話し合った内容だと前置きをして、朱凰が静かに語ったことに、眞白は短くつぶやいたきり言葉を失った。

すっかり日が暮れた窓の外では、少しだけ勢いを弱めた雨が降り続いている。

こうして見る限り、よくあるただの雨……いや、大地を潤して農作物の生育を促進する、農家にとってはありがたい天の恵みだ。

「報告を受けて視察して来た紫梟によれば、拳大の氷の塊《かたまり》を降らせる巨大な雲は、明日には王都近辺にまで到達するだろう……とのことだ。王都を直撃するか、少しでも逸れるか、雲がわずかながらでも蒸発して衰えるか……誰にもわからない」

なにも言えずにうつむいた眞白は、膝の上でギュッと両手を握り締めた。

混乱している頭の中で朱凰の話を繰り返し、整理する。

数日前に発生した巨大な雲は、通過地域にこれまでにない被害をもたらしながら風に乗って移動し続けている。

激しい落雷による火災で村の大半が燃えたり、拳大もある氷の塊が降ったり……家屋の損傷だけでなく、不幸にも住人に犠牲者が出た村もあるらしい。

そんな禍々しい雲が、明日には王都に到達する可能性がある？

「自然界の脅威の前では、人間は無力だ。ただ……対処法がないわけではない」

落ち着きを失うことなく、静かに語っていた朱凰は、小さく嘆息して最後の一言をつけ加える。

「どう……されるのですか？」

顔を上げた眞白は、朱凰の紅茶色の瞳と視線を絡ませる。

非常事態だからか、朱凰は眞白から目を逸らさない。真っ直ぐな眼差しでこちらを見ながら、続きを口にする。

「この国には、王鳥たちがいる。王族の守護鳥は、個人の護りであると同時に国の護りでもある。王鳥と呼ばれる由縁だ。それぞれ、属性があると言っただろう？　主に、炎を属性とする王鳥の封印を解き……解放された姿で雲に向かい、彼らの吐く炎で蒸発させる。思惑通りに消滅させられるかどうかは、わからない。一羽では困難でも、炎属性の鳥が力を合わせれば、やらないよりはマシだろうという結論に達した」

「そんな、危険なこと……を」

思い浮かべたのは、鮮やかな橙色の羽を持つ橙夏の姿だ。

以前、朱凰から聞いたことがある。確か……封印を解いた橙夏の『真の姿』は、炎の属性である鳳凰だと言っていた。

眞白の知る橙夏は橙色のオウムで、封印が解けた姿がどんなものなのか想像もつかない。最高位だというからには、立派なものだろうとは思うけれど……。

そんな橙夏でも、話を聞くだけで身震いをするような、不気味で巨大な雲に立ち向かうことはできるのだろうか？

ギュッと唇を引き結んで思い悩んでいると、朱凰がいつになく真剣な声で「眞白」と呼びかけてきた。

「その橙夏が率いる任務に、……朱璃を加えたい」

「どうしてですかっ？　朱璃は、まだ幼鳥で……ただのオウムです！」

驚いた眞白は、パッと顔を上げて、非難を含む声で朱凰に言い返してしまった。

だって……朱璃に、そんな危険な任が務まるとは思えない。眞白の中では、まだまだ幼鳥なのだ。

血の気が引くのを感じながら「無茶です」と眞白が首を横に振ると、それまで黙って朱凰と眞白の会話を聞いていた朱璃が口を開いた。

『朱璃、デキる！　橙夏様ト一緒、王都……護ル！』

「無理だって！」

羽をパタパタ羽ばたかせて主張した朱璃に、カッと頭に血が上って険しい口調で言い返してしまった。

『……眞白』

朱璃は驚いたように羽ばたきを止めたが、眞白自身も驚いて、自分の口を震える両手で覆う。

こんなに厳しい口調で「無理だ」などと、朱璃を否定するつもりはなかったのに……制御できなかった。

朱璃が、橙夏の足手纏いになるだけならまだしも、怪我をしたり……もっとひどければ、死……と思い浮かびそうになった不吉な一言を、頭から追い払う。

ジッと自分の膝に視線を落としてなにも言えずにいると、朱凰が静かに口を開いた。

「朱璃は既に、幼鳥とは言えないまでに成長している。そろそろ、封印を解くことも不可能ではないはずだ。無論、封印を解くためには、花や木の実ではなくより強力な……眞白の涙が必要だが」

眞白の肩に手を置いてそう口にした朱凰に、一言も言い返せない。

朱璃の封印を解くためには、眞白の涙が必要だ……と。

朱凰は、眞白の涙が結晶しなくなっていることを知らないから、当然のように言えるのだ。

「僕の、涙……で」

自責の念に駆られた眞白は、肩に置かれた朱凰の手の重みに身を震わせた。

朱凰は、眞白が朱璃を思っていつになく心を乱しているのだと察して、宥めようとしてくれている。

でも……違う。

「も……し訳、ございません。申し訳ございません、朱凰様」

「なにを謝る?」

「僕は……利己的な欲で、朱凰様を謀《たばか》って……」

もうダメだ。

これ以上、嘘をつくことはできない。どれほど嘲《あざけ》られようと、罵倒《ばとう》されようとも、本当のことを言わなければならない。

そう決意した眞白は、顔を上げて朱凰と視線を合わせた。

今は、眞白を気遣って心配の色を浮かべてくれている端整な顔が、失望と憤りに歪《ゆが》むことを覚悟して口を開く。

「僕の涙は、もう……結晶しません。抱卵役としての、役目を終えたようです。朱璃の……朱凰様のお役に立つことは、できないのです。黙っていて、申し訳ございません」

目を逸らしてはならないと思っていたのに、弱い眞白は苦しさに耐えられなくなって、朱凰から視線を逃がした。

いつか、告げなければならなかったことだ。でも、非常事態にこんな形で言わなければならないとは、思わなかった。

タイミングとしては最低で、自分の愚かさが腹立たしい。

『眞白、涙……食べられナイ?』

「ごめんね、朱璃」

朱璃のつぶやきに答えて、再び朱凰の顔を見上げる。

眞白をジッと見据えている朱凰は、なにを思っているのか読み取ることのできない……真摯な目をしていた。

そこに、覚悟していたような、失望や嘲り、憤懣《ふんまん》の色は……ない？

眞白を見ていた朱凰は、右手を上げて自身の髪をくしゃくしゃと掻き乱した。

「だから、ここしばらく塞ぎ込んでいたのか。紫梟を頼ったことに嫉妬《しっと》して、俺がぶつけた子供じみた八つ当たりのせいで、落ち込んでいるのかと思っていたが……」

「嫉……妬？　朱凰様が、そんな」

常に冷静沈着で高潔、理知的な朱凰が、眞白が原因で心を乱したりはしないはずだ。ましてや、眞白が紫梟を頼ったからと、子供のように拗ねたりするなど……。

戸惑う眞白に、朱凰は苦笑を滲ませて口にする。

「おまえが思うより、俺は心が狭いぞ。特に、愛しく思う者に関しては」

「朱凰様……？」

両手で頬を挟み込まれて、唖然と名前を呼んだ。

頭の中が真っ白で、朱凰がなにを語ったのか……きちんと意味を捉えることができない。

紅茶色の美しい瞳が、真っ直ぐに眞白を見詰めている。

「涙の結晶のことは、心配無用だ。朱璃の封印を、解くことができるだけあればいい。一度封印を解けば、その後は自在に真の姿へ変化することができる」

「ですが、本当に結晶しないのです……」

朱凰は実際に目にしていないから、眞白の涙が『ただの涙』だとわからないのだろうか。封印を解くことができるだけ、という欠片《かけら》さえ作れないのに。

なんの変哲もない、ただの涙では……朱璃の封印を解くほどの力がないだろう。

「いきなり完全な涙には戻らないと聞いている。朱璃の殻の効果は、わずかながらでも残っているはずだ。眞白自身が願い、朱璃が望み、主である俺が導く……純粋な思いから流す涙であれば、結晶するのではないかと……予想だが、試してみるか？」

「……はい」

朱凰がそう言うのであれば、不可能ではない気がしてきた。

うなずいた眞白に、朱凰はホッとしたように唇を綻ばせた。朱凰が、眞白の言動を窺い一喜一憂するなど、あり得ないのに……。

「夜が明けると同時に、橙夏たちは飛び立つことになっている。時間はあまりない」

そう言いながら朱凰の手が眞白の首筋を撫で下ろして、スッと襟元から長い指が潜り込んでくる。

反射的に首を竦ませた眞白は、おずおずと懇願した。

「あの、朱凰様のお手が僕の肌に触れるのでしたら、湯浴みをさせていただきたいです」

時間はないと言われているけれど、庭園で木の枝に引っかかった髪や雨に濡れた身体を、朱凰の手に触れさせるのは嫌だ。

「……仕方ないな。手早く湯浴みを終えるのだぞ」

「はい。ありがとうございます」

朱凰の許可を得てホッとした眞白は、腰かけていた寝椅子から立ち上がって湯浴みの準備のために自室へ向かう。

朱璃がその後をついて来て、眞白の寝台脇にある鳥籠台にとまった。

「朱璃。あの……悪いけど、ここにいてもらってもいい？」

『ワカッテル！　眞白ト朱凰様、仲ヨシの時ハ……朱璃ジャマと、橙夏様にモ言われタ』

「橙夏さんが……」

橙夏は、眞白と朱凰が具体的にどうやって『紅い涙の結晶』を生み出しているのか、知らないはずだ。

でも、長い時を生きてきて様々なことを知っている橙夏には、眞白の心の中まで見透かされているのではないかと思ったことがある。

知られている？　どこまで？

まさか、すべてを……。

眞白の動揺など知る由もない朱璃は、

『寝テル。明日、おっきな仕事するカラ！』

明日に備えて寝ると言い、身体が大きくなった最近では窮屈そうな鳥籠の中に入って眠りの姿勢を取った。

大きく息をついて、余計な思考を頭から追い出す。今は、橙夏になにをどこまで知られているかということなど、重要ではない。

朱璃は、覚悟を決めている。

それなら眞白も、迷っている場合ではないだろう。

□　□　□

朱凰に触れられることは、初めてではない。朱璃のため、ほんのり紅色に輝く涙を溢れさせるのに、朱凰に甘えて頼り切っていた。

一度だけ、朱凰に倣って自らの手でなんとかしようと試みたことがある。でも、慣れない眞白ではどうすることもできなくなってしまい、手の動きを止めてしまった。

結局は、隣で見ていた朱凰が「もうよせ。拙いな」と呆れたように口にして、呆気なく高めてくれた。

それらはすべて、寝椅子に並んで腰かけて行われていたけれど……今夜は違う。畏れ多くも、初めて朱凰の褥に背中をつけている。

「これを。眞白の涙が結晶化できるように、手助けしてくれるだろう」

朱凰の長い指が小さな赤い実を挟み込み、眞白の口元に寄せて来る。

確かに、この赤い実は身体の熱をより高めてくれる。心身が限界まで昂揚すれば、涙が結晶化することも可能かもしれない。

「はい」

コクンとうなずいた眞白は、唇を開いて赤い実を含んだ。奥歯で噛むと、じわっと甘酸っぱい爽やかな味が口腔に広がる。

効果が現れるまでには少し時間がかかると思うけれど、乱れることの言い訳を貰った気がしてホッとする。

「怖がらなくても、乱暴なことはしない」

「……怖いわけでは、ありません。それに、朱凰様がなさることでしたら、僕はどんなことでも悦楽に変換させる自信があります」

朱凰に与えられるものであれば、きっとどんなものでも心地いいと思う。けれど、朱凰は乱暴なことは決してしないだろう。

寝台横の小さな卓子に置かれた灯明が、仄かな光を放っている。その明かりの中で真っ直ぐに朱凰を見上げて答えると、朱凰は苦笑に似た表情を浮かべた。

「そんなに……俺を信用するな。紳士でいられる自信は、あまりないんだ」

「あ……僕にはそのようなつもりは、ありませんが……朱凰様のご負担になるようでしたら、口を噤みます」

キュッと唇を引き結んだ眞白を、朱凰は少しだけ困った顔で見下ろしている。

眞白をジッと見詰めて、しばらくなにかを考えていたようだが、ふっと短く息を吐いて端整な顔を寄せて来た。

「これまでとは……違うぞ」

「どんなことだろうと、すべて受け止めます」

躊躇うことなく即答した眞白に目を細めて、唇を触れ合わせて来る。

あたたかく柔らかな感触に、トクンと心臓が鼓動を速め、眞白は身体の脇で両手を強く握り締めた。

「ッ、あ……」

目を閉じると、さらさらと降り続く雨の音がより明瞭に聞こえる。

朱凰の手が、寝間着の襟元を掻き分けるようにして素肌に触れて来る。初めて触れられたわけではない。でも……これまでとは違うという朱凰の言葉通り、いつになく体温が高いような気がした。

無言の朱凰は、胸の真ん中に押し当てて動きを止めた手のひらで、きっと眞白の激しい動悸を感じ取っている。

「朱凰様、あの……」

手の動きを止めている朱凰に戸惑った眞白は、遠慮がちに名前を呼びかける。

胸元から動かないせいで、逆にハッキリと存在感を示されているみたいで落ち着かない。

もどかしさに膝を立てた眞白の顔を、朱凰はイタズラを思いついた子供のような目で覗き込んで来た。

「うん？　どう触れてもいいのだろう？」

「ですが……っ、ぁ」

膝のあいだに朱凰の脚を割り込まされて、ビクッと身体を震わせた。

腿《もも》の内側を、寝間着の布越しに朱凰の膝で撫で上げられただけなのに、吐く息が熱っぽくて喉が熱い。

「なにもかも、隠すな。すべて俺に見せろ」

「でも、こんな……はしたな……い」

朱凰との接触によって、身体のあちこちに灯《とも》された熱が一点に集約される。容易く熱を帯びる自分の身体が恥ずかしくて、居たたまれない。

「無反応より、遥《はる》かにいいだろう。少なくとも俺は、こうして触れると……」

「ぁ、ア……ッ！」

「素直に肌を上気させる眞白が、愛しい。本当は……朱璃に涙の結晶を与えるためという目的ではなく、ただ想いを伝えるために腕に抱きたかった」

耳の奥では、ドクドクと凄い速さで脈打つ心臓の音が響いている。だから、そんな朱凰の言葉は、別のものを自分に都合よく聞き間違えたのかと思った。

「朱凰、さま？」

「そんなに不思議そうな顔をするな」

かすかな苦笑を浮かべた朱凰が、唇を重ねて来た。唇の合わせを舌先で舐められて、そろりと顎の力を抜く。

「ン……」

口腔に潜り込んで来た朱凰の舌が、硬直している眞白の舌を見つけ出して触れ合わせられる。その感触に意識を集中させると、今度は胸元にあった手がゆっくりと臍《へそ》のあたりまで移動した。

ざわっと肌が粟立《あわだ》つような感覚が走り、身体を震わせる。

「っふ……ぁ、ん」

触れている朱凰の舌が、熱い。自分だけ熱を沸き上がらせているのではないと知り、ホッとして肩の力を抜いた。

「……ん」

口づけが解かれて、朱凰が上半身を起こす。眞白は伏せていた瞼を押し開き、ぼんやりとした光を頼りに朱凰を見上げた。

ベッドに膝立ちになった朱凰は、乱れて纏わりついていた眞白の寝間着を剥《は》ぎ取り、身に着けていた自身の寝間着を美しい所作で脱ぎ落とすと……脇机に手を伸ばす。

なんだろう。小瓶を……頭の上のところに置いた？

「おまえに、一筋の傷もつけたくない。なにもないよりは、楽なはずだ」

「あ……」

脚のあいだに潜り込んで来た朱凰の指が、なにか……ぬめりのあるものを纏っている。その指を後孔に押しつけられて、戸惑いに視線を揺らがせた。

かすかに、憶えがある。

長い指の存在を、そこに感じたことが……これまでにもあった？

確信はなく、ただ、身体にぼんやりと残る記憶でしかないけれど。

「いつか……おまえを、家族の待つ故郷に戻さなければならないと思っていた。一度でも俺のものにしてしまえば、手放せなくなると……わかっていたから自制していたが、決めた。おまえが王宮にとどまることを望むのなら、俺の傍にいろ」

「ッ……ん！」

言葉の終わりと同時に、長い指を身の内に突き入れられる。

奇妙な感覚にビクンと身体を震わせ、拒もうとしているわけではないのだと必死で震える息を吐いた。

「ぁ……朱凰様のお傍に、いさせてほしいという、それは……望んではならないと自分に言い聞かせていた……欲深い、僕の願いです」

朱凰が、傍にいろと言ってくれた。

そんなふうに望まれるなど、夢にさえ見たことのない僥倖《ぎょうこう》で……胸の奥に喜びが満ちる。

「俺のものにして、二度と……離さない」

「は、い。朱凰様……嬉し、っです」

まばたきをした弾みに、目尻から涙が一粒転がり落ちた。頬を伝う感触は、涙と呼ぶには硬い……結晶だ。

眞白がその結晶を目に留めたと同時に、朱凰が「すごいな」と感嘆したようにつぶやく。

「かつてないほど美しい、紅色の結晶だ。でも、これではまだ足りない。もっと……泣かせるからな」

「朱凰様……泣かせて、くださ……っ！」

言い終わらないうちに、身体の奥に突き入れられていた朱凰の指が引き抜かれた。すぐさま、その指とは比較にならない熱塊が押し当てられる。

「ぁ、あ……っ、ぁ！」

全部、きちんと受け入れたい。でも……苦しい。

意図することなく身体が強張ってしまい、これではまるで朱凰を拒んでいるようだと泣きたくなる。

違う。朱凰様を受け入れたいと望んでいると……伝えたいのに、声が出ない。

「っひ、ぅ……っ、っ」

目を閉じているのに、視界がグルグルと回っているみたいだ。

自分がどうなっているのかわからなくて、小刻みに身体を震わせる。

「眞白。手を……伸ばせ。背に回せばいい」

身体の脇で握り締めていた手を、朱凰の背に回すよう促される。

思考力が鈍くなった眞白は、誘導されるがまま広い背中に手を回して抱きついた。

熱い……密着した胸元も、手のひらで感じる背中も、身体の奥にある熱塊も。眞白の理性まで、焼き尽くそうとしている。

「朱凰、様……っ」

ようやく声を出すことができた。

それと同時に身体から余計な力が抜けて、身の内にある朱凰の存在をより明確に感じる。

すごい。心臓が、二つあるみたいだ。

誰かとこんなに、ピッタリと密着することができるなんて……朱凰の肌がこれほど熱いなんて、知らなかった。

「ふ……熱い、な……眞白」

首筋をくすぐった朱凰の吐息が、熱を帯びている。

眞白を呼ぶ声も、甘く掠れて……同じ熱を共有しているのだと体感した瞬間、息苦しさや苦痛を凌駕《りょうが》する。

「朱凰、様……ぁ、あっっ」

重ねた身体をゆっくりと揺すられると、これまでにない奇妙な熱が沸き上がって来た。

小さな種火だったものが、どんどん煽《あお》られて……業火になり、眞白の理性を凄まじい熱で融かしてしまう。

遠慮も戸惑いも、なにもかも手放して夢中で朱凰に縋りつくのみとなる。

なんのために、こうして朱凰の腕に抱かれているのか。理由も目的も頭から吹き飛んで、ただ朱凰の存在を感じる。

「っん、ぃ……ゃ、も……朱凰様っ」

「……眞白。俺から、離れるな。朱璃のためでなく、俺のために……ここにいてくれ」

まるで、眞白に懇願するかのような言葉の響きは、どこか切なく……母親を求める幼い子供のようで、そうして掻き抱かれることはたとえようのない喜びだった。

自然と湧き上がる涙が、次々と転がり落ちていくのを感じる。

「ア……っ、は、……い、は……っ、朱、凰様。朱凰様……っ」

きちんと答えなければならないと思うのに、声にならない。

朱凰の名前を口にするのが精いっぱいで、思いの丈を込めて吐息と共に「朱凰様」と繰り返しながら、広い背中をギュッと抱いた。

《十》

小雨の降る中、王宮の庭に守護鳥を携えた王族や高位の騎士たちが並ぶ。

王族と同じ数の王鳥がいるけれど、今のところ炎属性の鳥は橙夏と朱璃だけらしい。他の王鳥は、直接的に雲を消すのではなく支援役として帯同すると聞いた。

「眞白」

「あ……翠蓮さん」

背後から肩を叩かれた眞白は、パッと振り向いてそこに立つ人物の名前を口にする。

孵化前は共に橙夏のところで講義を受けていたので、翠蓮とは週に数回顔を合わせていた。ただ、卵が孵化してからは朱璃だけが橙夏へ習いに行っていたので、眞白が翠蓮と接する時間はほとんどなかった。

時おり、庭園で翠蓮の主である蒼鷲王子の守護鳥……蒼樹と共にいる場面を、少し離れたところから見かけるのみだったので、久し振りに顔を合わせた。

「朱凰様の守護……朱璃は、炎属性なんだな。噂では羽が白いと聞いていたけど、見事な朱色じゃないか」

「……そうです。羽は、孵化してすぐの頃は白かったんです。少しずつ色づいて、今はあのように……」

中心となる存在だからか、朱璃と橙夏は一際目立つ位置にいる。

王族や高位の騎士と肩を並べるわけにはいかず、眞白は朱凰と朱璃に近づくことができない。朱璃に「無理はしないで。気をつけて」と言いたいのに、ここからでは眞白の声は届かないだろう。

一時も目を逸らさないように朱璃を見詰めていると、翠蓮が呆れたように口を開く。

「そんなに不安そうな顔をするなよ。蒼樹……蒼鷲様の守護鳥も、支援につく。朱璃が暴走して自らの炎に焼かれそうになっても、蒼樹が羽ばたいて氷粒を浴びせれば容易に消火できる。僕が育てたんだから、蒼樹は優秀な王鳥だぞ」

そう言いながら少し強く叩かれて、コホッと咳《せ》き込んだ。

翠蓮の、これは……眞白の不安を払拭しようという言動に違いない。そう伝わって来たから、肩に入っていた力を少しだけ抜いた。

「はい。蒼樹さんの支援は、心強いです。大丈夫……ですよね」

「朱璃も蒼樹も、橙夏さんも……大丈夫に決まってる」

言い切った翠蓮は、真っ直ぐに王族とその守護鳥たちを見詰めていた。

まるで、自分たちの視線に呼ばれたかのように、朱凰とその隣の……蒼鷲がこちらに顔を向ける。

朱凰と蒼鷲が、一言、二言……短く言葉を交わしたかと思えば、蒼鷲の肩にとまっていた蒼色のオウム、蒼樹がこちらに向かって飛んで来た。

晴れた日の空よりも深い蒼の羽が、美しい。

『翠蓮。蒼鷲様がお呼びデス』

バサバサと羽ばたいて翠蓮の頭上を舞った蒼樹は、それだけ言い残して蒼鷲のところへ戻って行った。

「眞白、行こう」

「翠蓮さん、でも僕は……あ」

呼ばれているのは、翠蓮だけなのでは……と言い返す間もなく、手首を掴まれて群衆の中から引っ張り出される。

戸惑う眞白をよそに、どんどん歩いて王族の並ぶ広場の中心部に連れて行かれてしまう。

怖くて周囲の様子は確かめられないが、注目を浴びていることは間違いない。

「眞白」

朱凰に手招きされ、翠蓮に背を押されてよろよろと近づいた。

顔を上げられないまま、ポツポツと口を開く。

「朱凰様、僕のような者がこんなところに……場違いです」

「朱璃と蒼樹は、王鳥として初の任務だ。育ての親であるおまえたちが出立を見守っても、誰も文句は言わない。しっかり見送ってやれ」

「……はい」

ようやく顔を上げた眞白は、朱凰の肩にとまっている朱璃をそろりと見遣る。

不安なのでは、と心配していたけれど……朱璃の立ち姿からは、怯《ひる》んだ様子など微塵も窺えなかった。

そこにいるのは、甘えん坊で、食いしん坊で、少しだけ落ち着きがなくておっちょこちょいな……可愛い朱璃ではない。

責務を果たそうと、決意を秘めた凛々しい眼差しで灰色の雲に覆われた空を見上げている。

纏う空気がピンと張り詰めていて、今の朱璃には声をかけられない。

「おまえたちの働きに期待しているぞ。出陣！」

玉座の国王が右手を上げて合図をすると同時に、騎士長である紫梟の肩にとまっていた橙夏がバサッと力強く羽ばたいて飛び立つ。

集まった観衆の歓声を浴びながら、上空を旋回した。

一周、二周……三周目に、眩い光を放つ。直視できなくなった眞白は、思わず目を閉じて光が収まるのを待った。

「あ……」

数秒後、恐る恐る瞼を開いた眞白の目に飛び込んで来たのは、見慣れた橙色のオウム……ではなかった。

大きさは、眞白と変わらない。翼の先端と尾羽は流れるように長く伸び、書や図画でしか目にしたことのない孔雀《くじゃく》と呼ばれる鳥に似た様相だ。

ただ、普通の鳥とは明らかに異なる点があった。

「炎……が」

燃えるような真っ赤な翼なのかと思ったけれど……違う。実際に、全身に紅蓮《ぐれん》の炎を纏っているのだと気がついて、目を瞠った。

こんな鳥……初めて見た。怖いくらい、綺麗だ。

「滅多に、封印を解いた橙夏の姿を目にすることはできないのだが……美しいだろう」

「は……い」

頭上を舞う橙夏の姿をぼんやり見詰めたまま、朱凰の言葉に相槌を打つ。頭がぼんやりとして、神秘的な姿に魅了されているとしか言いようがない。

『朱璃モ！　飛ブ！』

朱凰の肩にとまっている朱璃が羽をバタバタ動かしてそう主張し、橙夏に続くのだと士気を上げている。

「朱凰様」

朱凰の顔を見上げると、指先で朱璃の頭を軽くついて「勇み足だ」と咎めた。

「そう慌てるな。今、眞白の涙を……」

折り畳んだ白い布を、懐から取り出す。手の上で布を広げ、キラキラ輝く紅色の結晶を朱璃に差し出した。

眞白の涙が結晶するのは、きっとこれが最後になる。夜明けが近づく頃には、頬を伝う涙は結晶しなくなり……ただの涙へと変わっていたのだ。

ただ最後の最後に、これまでにない深紅に色づいた大粒の結晶を生み出せてよかった。

『眞白、キラキラ涙……スゴイ。今までデ一番、甘イ！』

嘴を伸ばした朱璃は、一気に紅色の涙の結晶を啄み……朱凰の肩から飛び立った。

「あ、朱璃っ」

思わず名前を呼んだけれど、朱璃は戻って来ることも振り返ることもなかった。橙夏の後に続いて、上空を旋回し……朱色の光に包まれる。

「……朱璃」

光の中から現れた朱璃はもうオウムではなく、橙夏より少し小柄ながら立派な翼を持つ美しい鳥だった。

炎を纏う橙夏とは異なり、全身が朱色に発光している。

目を凝らして見上げていると、背後から耳に馴染みのある声が聞こえて来た。

「これは見事な朱雀《すざく》だな、朱凰……様。火の鳥を従えた王族は数あれど、記録によれば朱雀を守護とするのは五十年振りくらいではないですか」

「紫梟。……そうだな。朱璃がここまで見事な成鳥となるとは、予想外だった」

紫梟と朱凰が話している声は聞こえているけれど、眞白は悠々と飛んでいる朱璃から目を離すことができない。

頭上を見上げるすべての人々に、朱色に輝く姿を披露して……橙夏に続き、黒い雲の塊のほうへと飛んで行った。

その後に、蒼や緑の羽を持つ王鳥たちが続く。

「朱璃！」

怪我なく無事に帰って来られますように、と。胸の前で両手を組み合わせて、ただひたすら祈るしかできない自分が、もどかしい。

炎を纏う鳥と、朱色の鳥、支援をする他の鳥たちの姿はやがて見えなくなったけれど、眞白は空を仰いだまま動くことができなかった。

「眞白。ここに立っていたら雨に濡れる」

朱凰の声と、肩に置かれた大きな手の重みで、ようやく硬直を解く。

仰向けていた首を戻した眞白は、ポツリポツリと訴えた。

「ですが、朱凰様……朱璃の帰りを、待ちたいです」

「雨を凌《しの》ぎながらでも、待つことはできる」

朱凰に肩を抱かれて、この場から動くように誘導される。

本当は、濡れてもいいからずっとここにいたい。でも、眞白が動かなければ朱凰まで身を濡らしてしまう。

そろりと朱凰の顔を見上げたところで、視界に紫梟の姿が映り込んだ。

「……おやぁ？　なんだか、雰囲気が変わりましたか？　朱凰……様が、脂下《やにさ》がっ……いつになく和やかな顔で、眞白を見ておられる気がするのですが」

「それは、おまえの邪推というものだ」

大きなため息をついた朱凰が、紫梟に言い返す。

笑みを深くした紫梟は、眞白に視線を移して首を傾げる。

「ふーん……実際のところはどうなのか、眞白か朱璃に聞こう」

それは困る。眞白は、朱凰のように紫梟を上手くかわすことができない。

朱璃は……なにもかも、自分が見聞きしたことを口にしてしまいそうだ。朱璃の前では必要以上に密着していないつもりだけれど、『朱凰様ト眞白、仲ヨシ』とか『朱璃、ジャマしナイ』とか……たぶん、素直に言ってしまう。

なにも答えることができずにいると、紫梟が改まった調子で「眞白」と呼びかけて来た。

「そんなに不安な顔をすることはない。橙夏の姿を見ただろう？　橙夏は最高位の王鳥なのだから、教え子である朱璃のこともなにも心配しなくていい。朱璃は、一回りも二回りも成長して帰って来る」

そうだろう？　と笑いかけられて、ホッと肩の力を抜きかけた。

紫梟に「はい」と答えようとしたところで、眞白の肩を抱いている朱凰の手に力が込められる。

「やめろ、馬鹿者。それは俺の役目だ」

「おっと……眞白を慰める役を横取りしたりして、失礼しました。相変わらず、眞白のことになると心が狭い」

「どうとでも言え」

仲よさそうに言い合っている朱凰と紫梟を前にした眞白は、今度こそ完全に緊張を解く。

二人がそうして笑いながら話しているのなら、本当に朱璃は大丈夫だ。なにより、紫梟が言うように橙夏が一緒なのだから……。

「眞白、行くぞ。紫梟の相手はしなくていい」

険しい表情の朱凰に肩を抱かれて歩き出すと、笑みを含んだ紫梟の声が追いかけて来る。

「……冷たいなぁ」

眞白は振り向きかけたけれど、朱凰に「眞白」と低く制されて正面に向き直った。

パラパラと断続的に降っていた雨は、小粒となり時おり頬に落ちて来るのみとなっている。

東の空を見上げると、真っ黒な巨大な塊だった雲がいくつもの小さな欠片となり、合間から青空が見え隠れしている。

「あ、朱凰様……あれを、あちらをご覧になってください」

「うん？　ああ……橙夏と朱璃が、成し遂げたか？」

眞白が指差した空を仰いだ朱凰が、目を細めてそう口にする。眞白と朱凰に釣られたのか、同じ方向を見遣った紫梟も「うん、成功だな」と笑みを浮かべた。

成功した？　本当に……？

でも、

「朱璃の姿を見て、無事を確認するまでは……安心できません」

ポツリとつぶやいた眞白の発言は、水を差すものだったはずだ。けれど朱凰は、表情を引き締めて「そうだな」と眞白の頭に軽く手を置いた。

□□□

大歓声を浴びて帰還した直後、朱色に輝いていた朱璃は見慣れた朱色のオウムに戻った。

朱凰の離宮へと移動して、いつもの三倍もの量の木の実を食べ……余程疲れていたのか、籠の中で三日三晩眠り続けた。

そのあいだ、朱凰は王族会議に呼ばれて連日王宮に出向いたけれど、眞白は朱凰の離宮で待機するしかない。

やれることといえば、目覚めた朱璃のために庭園で新鮮な花や木の実を集めておくくらいで、手持ち無沙汰だ。

花瓶の花を新鮮なものに入れ替えて、鳥籠の中の朱璃を見詰めた。

「朱璃、そろそろ起きないかな。こんなに眠って、大丈夫なのかなぁ」

時おり、ピィピィと寝言らしいものを零しているので、心配なさそうだけれど……。

早く目を覚ましてほしい……けど、しっかり休養してもらいたいとも思う。

鳥籠の中で眠っている朱璃の尾羽の先端が、ほんの少し焦げている。あの巨大な雲の塊を散らすのは容易ではなかったのだと、それだけで伝わって来た。

橙夏は、心身の回復のための眠りだから心配無用と言っていたが、三日も寝覚めないとさすがに不安になる。

ぼんやりと朱璃を見詰めていた眞白の耳に、「眞白」と呼びかける声が流れ込んで来た。

「あ……朱凰様。お戻りに気がつきませんで……失礼しました」

私室と眞白の使っている部屋の境に立つ朱凰を振り返り、急いで駆け寄る。

低く、「よい。朱璃が心配なのだろう」と答えた朱凰に肩を抱かれて、窓際に置かれている寝椅子に誘導される。

「今日でようやく、退屈な会議が終わりだ。しばらく、兄弟や伯父たちの顔は見たくない」

「……お疲れ様でございました」

疲労の滲む大きな息を吐いた朱凰に、眞白が言える言葉はそれだけだ。王族会議とは窮屈な場だろうと、想像するしかない。

朱凰は、並んで座っている眞白の身体を両腕で抱き寄せると、もう一度特大のため息をついた。

「とりあえず、報告だ。被害状況は、想定していたよりは酷くなさそうだ。ただ、地方に関しては視察が行き届いていないので未知の部分が多い」

「そう……ですか」

あの雲は、東から王都に向かって来た。眞白の故郷とは異なる方角だけれど……己の村に被害がなかったのか、気にならないと言えば嘘になる。

私的なことなので朱凰には言えず、どうにかして情報を得たいと思ってはいるが、手紙のやり取りは時間がかかるのでまだなにもわからない。

「朱璃が、朱雀だと判明したことで……俺の王位継承順を、王太子の兄に次ぐものとする案が出された」

「それは……おめでとうございます」

朱凰は、王座など望まないと言っていた。でも、母親の名誉のために守護鳥の朱璃が認められ、朱凰の地位が能力に見合うものとなることは喜ばしいだろう。

眞白は単純にそう思ったのだが、朱凰の見解は異なるらしい。眞白を抱く両腕に、グッと力を込めて言葉を吐き出す。

「朱璃が朱雀だというだけで、手のひらを返しやがって。馬鹿げている。だから、王位継承順位を上げることよりも、遠出の許可をくれと要望した」

「遠出……ですか？」

「ああ。地方の被害を確認するための、視察だ。朱璃を伴うことで、辺境まで出向くことができる」

そこで一度言葉を切った朱凰は、眞白の身体に巻きつかせていた腕を解いた。今度は両手で肩を掴み、顔を寄せて来る。

「まずは、おまえの故郷だ。気にかかっているのだろう？　土産は……柑橘の蜜だな。弟妹が喜べばいいが」

「朱凰様……」

眞白が故郷を心配していたことに、朱凰は気づいていたようだ。その上、蜜は美味しいけれど、自分だけが口にするのは申し訳ない……と眞白が項垂れた、数ヵ月も前の些細なやり取りを憶えてくれているのだと知り、言葉を失う。

細かな心遣いと優しさが嬉しくて……改めて「この方が好きだなぁ」と、胸の奥に熱い想いが広がる。

「身の回りの雑事を任せる、小間遣いが必要だ。供をしてくれるだろう？」

重要な視察に小間使いを伴う、という理由をつけて、眞白を故郷に里帰りさせようとしてくれている。

そう、察せられないわけがない。

眞白は、震えそうになる唇をキュッと噛み、なんとか答えた。

「……はい。朱凰様が、帯同をお許しくださるのでしたら」

「俺が望んでいるのだ」

「っ……」

喉が閊《つか》えて……もう、声にならない。失礼だとわかっていながら、無言でうなずくので精いっぱいだ。

「移動しながら、被害状況の確認だ。最終目標は……北の地まで、眞白はつき合ってくれるだろうか？」

北の地。それはもしかして、朱凰の母親の故郷だという、雪の降る地では。

思い浮かんだ『もしかして』の答えを求めて、朱凰の紅茶色の瞳をジッと見詰める。

「朱凰様の、大切なところなのでは……」

「だから、おまえと共に訪ねたい。純白だという雪に、おまえの黒い髪は、さぞ美しく映えるだろうな」

そう言いながら目を細めて髪に触れられると、もう小刻みに震える唇を誤魔化すことができない。

視界が滲み、ギリギリまで溜まった涙が瞬きの弾みに零れ落ち……。

『眞白ーッ。朱璃、起きタ！　よく寝タ。ゴハーン！』

バササッと頭の脇で羽音が響いて、眞白の髪に触れている朱凰の腕に朱璃がとまる。眞白の涙に気づいたのか、

『眞白、涙！』

そう言って、嘴でちょんと頬を突いて来た。

もう朱璃のための結晶ではなく、ただの涙だけれど、

『雫でモ、ヤッパり甘イ』

と、満足そうだ。

じわりと眉間に縦皺を刻んだ朱凰が、頬を引き攣《ひ》《つ》らせて……眞白の肩を抱いているものとは逆の手で、朱璃を掴んだ。

『朱凰様ッ、イタタ……痛イ』

「闖入する空気ではなかっただろう。少しは気を使え。ついでに言っておく。眞白はもう、涙の一滴でさえ俺のものだ」

朱璃の嘴を指先で摘まみ、勝手に啄むなと脅している。

ろくに抵抗できず、朱色の羽をバタバタさせている朱璃が可哀想になって、朱凰の肩に手をかけた。

「朱凰様、どうかそれくらいで……」

「そうしておまえが甘やかすから、朱璃が調子に乗るんだ。……再教育を命じる。眞白、朱璃の教育係へ転じよ。橙夏と共に、朱璃を朱雀として相応しくあるように鍛錬するのだ。俺の傍仕えの雑務は、他にも無数にあるから……覚悟しろ」

朱凰の言葉が進むにつれ、羽をバタつかせていた朱璃が動きを緩やかにして……完全に止まった。

眞白も、唖然とまばたきをするしかない。

朱凰は、なんと言った？　朱璃の……教育係？　朱凰の、傍仕え？

これからも……朱凰と朱璃の傍に、いさせてもらえる？

「返事は？　嫌なら、強要はしないが」

「返、事……っ、……ッ」

きちんと答えなければならない。でも、喉の奥になにかが詰まっているようになっていて、言葉が出て来ない。

唇を噛んで小さく肩を震わせていると、朱凰の手に掴まれたままの朱璃が声を上げた。

『眞白ッ。朱璃ガ代ワッテ、ハイスル！』

「だから、おまえは……ああ、もう。それでいいな、眞白？」

「………」

言葉はないまま、コクコクとうなずいた。

朱璃が、『ヤッタ！』と喜びの声を上げているのはわかったけれど、視界が暗くて……姿は見えない。

唇には、仄かなぬくもりと優しい感触が。

「……朱凰様」

苦い口調で名前を呼び、朱璃の目前での口づけを咎めると、朱凰が低く返して来た。

「朱璃には見えない」

どうやって……見えないように？

一度唇が離れた際に、薄く目を開ける。

朱璃の姿を探すと、朱凰の手に掴まれたまま……もう片方の手で頭を包まれていて、視界を塞がれているようだった。

ジタバタする脚だけが見えてなんとも憐れで、そっと朱凰の手を覆う。

「朱凰様、お許しを。朱璃……庭園でご飯、食べておいで」

朱凰の手から解放された朱璃は、羽をバタつかせて室内をグルリと一周して、開いていた窓から出て行った。

『ウェーン、朱凰様ノ意地ワルー！』

羽音と共に、嘆く声が遠ざかる。

眉を顰めた朱凰は、

「……人聞きが悪いな」

そうボソッとつぶやいて、床に落ちている朱色の小さな羽根を拾い上げた。

手渡された朱璃の羽根を手のひらに乗せた眞白は、ここで自分がなにを言うべきか思い悩む。

先ほどの朱凰は、確かに少し意地悪だったと思う。でも、朱璃は朱凰の守護鳥で……眞白が口出しをして庇護するべき存在ではない。

確かなのは、眞白にとって、どちらも大切な存在だということで……。

「朱璃が戻って来たら……仲直り、してください」

これが、精いっぱいだ。

チラリと見上げた朱凰は、どことなく不満そうな……気まずそうな表情を浮かべていたけれど、眞白と目が合うと小さく首を上下させた。

「しばらく邪魔は入らない」

仕切り直しとばかりに端整な顔が近づいて来て、今度は瞼を伏せて受け止める。

朱璃を「邪魔」だなんて……今の朱凰は、朱璃が言い捨てた通り少し意地悪だ。

可能なら、眞白は左右の腕で朱璃と朱凰を抱き締めたいのに。

朱凰も朱璃も、どちらも愛しい存在なのだと横並びに語ったら……怒られる、いや紫梟が何度か言っていたように、拗ねられるだろうか？

あとがき

こんにちは、または初めまして。真崎ひかると申します。このたびは、「朱の王子と守護の子育て」をお手に取ってくださり、ありがとうございました！

子育てというタイトルに、ちょっぴり偽り有？　と思われてしまったかもしれません。正しくは、「小鳥育て」でしょうか……。


微ファンタジーです。卵の時から自己主張が激しくてうるさいと言われていた朱璃ですが、無事に孵化しても賑やか&食いしん坊でした。

主役であるはずの朱凰と眞白が、あまりしゃべらない分まで補うかのように、朱璃が大騒ぎしてくれています。しゃべる鳥を書いたのは初めてでしたが、おしゃべりで食いしん坊な朱璃は、とても楽しかったです。


朱凰と眞白、そして朱璃をとっても綺麗で可愛く描いてくださった明神翼《みょうじんつばさ》先生、ありがとうございます。大変お世話になりました。

カバーイラストの三人（二人と一羽）が、すごくすごく可愛いです！　毛皮を纏った子はもちろん、羽を持つ子まで可愛く描いてくださる明神先生のイラストは、お仕事をご一緒させていただくたびに「眼福だなぁ」と幸せです。シンプルな眞白の服も、朱凰の凝った衣装も綺麗に描いてくださり、本当にありがとうございました！

今回も大変お世話になりました、担当N様。色々とお手数をおかけしました。ありがとうございました。

当初いただいたリクエスト、「魔王な攻が見たいです！」を完全に裏切ってしまって、失礼しました。ネタ合わせの時は「わかりました〜」などと調子よく答えていたくせに、いつの間にか魔王の片鱗さえなくなったという……。でも、「今回の朱凰は最後まであまりヘタレない、きちんと王子様でした」というお言葉に、ちょっとだけ安心しました。

いつかは、「全然ヘタレていない最強攻様ですね！」と言っていただけるように、精進します。……い、いつか……。

今回あとがきを3ページいただいたので、どうやってページを埋めようか途方に暮れました。あ、キャラたちの名前を色のつくものにしようと決めたのですが、朱凰と朱璃、音ではともかく文字で見ると少し紛らわしいかも……と、あとがきを書く段階になって気づいた私は粗忽者です。すみません。読み分けていただけるとありがたいです。

名前といえば、同居しているトイプードルの名前は「大和《やまと》」です。日本男子として凛々しく育ってほしいと命名したのですが、実態は甘えん坊将軍の抱っこ魔神です。

この彼とのお散歩中に、同じくお散歩中のおばあ様に名前を聞かれて「大和です」と答えたところ、「犬に恐れ多い名前を」と言われてしまい苦笑しました。でも、私は知っています。そのおばあ様が連れていたMダックスくんのお名前が、「空海《くうかい》」だということを……。


他愛もない話でしたが、なんとかあとがきページが埋まりました。毎度面白みのないあとがきしか書けなくて、申し訳ありません。ここまでおつき合いくださった方、本当にありがとうございます。

やたらと自己主張の激しい朱璃の出張った話でしたが、ちょっぴりでも楽しんでいただけましたら幸いです。

では、失礼します。またどこかでお逢いできますように。

二〇一九年　暖冬なのに手足の霜焼けと格闘中です　真崎ひかる

こんにちは。明神翼です☆
「朱の王子と守護の子育て」もう、
めっちゃ素敵で可愛いお話で、
とっても楽しく描かせていただき
ました✿ 眞白がけなげすぎて
涙目…いい子で可愛いっっ
そして、朱璃ちゃんっっ なんて
カワイイ子♥♥「ごはーん！」や
「腹へり！」に、やられてしまい
ました♡ 萌えまくりです～♥♥♥
真崎ひかる先生、たくさんの
萌えを本当にありがとう
ございました――!!

しゅりちゃんが
かわいすぎて…
ツライ♥

ダリア文庫

Nakanai kotori ni iziwaru na kiss
鳴かない小鳥に
いじわるなキス
いじわるなスパダリ×意地っ張りな大学生
真崎ひかる
Hikaru Masaki
ill. 鈴倉 温
Haru Suzukura
鷹晴は母親の再婚相手に会うため訪れたホテルで、端正な容貌の"大人の男"彬親と出会う。一気に彬親に惹かれていくが、半月後再会した彼は、なんと義理の兄だった！ 叶わない恋でも、せめてそばにいたいと、彬親のマンションに転がり込むが——。

✱大好評発売中✱

DB ダリア文庫

天涯孤独の歩望は、ある日夜道で襲われたところを、美しい男・杏樹に助けられる。彼の正体は純血の吸血鬼で、目が覚めると歩望は「半吸血鬼」になっていた！助けたのは「暇つぶし」とつれない態度の杏樹だが、彼の不器用な優しさと孤独に触れ、次第に惹かれていく歩望。栄養補給のためのキスじゃ足りなくて、「杏樹の眷属になりたい」と夜這いしたり、誘惑を仕掛けるけど——!?

✻ 大好評発売中 ✻

初出一覧

ダリア文庫をお買い上げいただきましてありがとうございます。
この本を読んでのご意見・ご感想・ファンレターをお待ちしております。

〒170-0013 東京都豊島区東池袋3-22-17　東池袋セントラルプレイス5F
(株)フロンティアワークス　ダリア編集部
感想係、または「真崎ひかる先生」「明神 翼先生」係

この本のアンケートはコチラ！
http://www.fwinc.jp/daria/enq/
※アクセスの際にはパケット通信料が発生致します。

朱の王子と守護の子育て

2019年2月20日　第一刷発行

著者
真崎ひかる
©HIKARU MASAKI 2019
発行者
辻 政英
発行所
株式会社フロンティアワークス
〒170-0013 東京都豊島区東池袋3-22-17
東池袋セントラルプレイス5F
営業　TEL 03-5957-1030
編集　TEL 03-5957-1044
http://www.fwinc.jp/daria/
印刷所
中央精版印刷株式会社

本書のコピー、スキャン、デジタル化等の無断複製、転載、放送などは著作権法上での例外を除き禁じられています。本書を代行業者の第三者に依頼してスキャンやデジタル化することは、たとえ個人や家庭内での利用であっても著作権法上認められておりません。定価はカバーに表示してあります。乱丁・落丁本はお取り替えいたします。